書下ろし

長編時代小説

深川おけら長屋

湯屋守り源三郎捕物控

岳　真也

祥伝社文庫

目次

第一章　里帰り　5
第二章　文太夫《ぶんだゆう》の過去　76
第三章　贋《にせ》ろうそく　136
第四章　辻斬り　209
第五章　おけら長屋の春　273

第一章　里帰り

一

江戸・小石川《こいしかわ》。

名園［後楽園《こうらくえん》］を擁《よう》する宏大な水戸藩の上屋敷の北側に、だらだらと東西にのびる長い坂がある。もとの呼び名は、

［とび（鳶）坂］

それがなまって［富坂］となったのだが、その坂道をいましも、一人の着流し姿の若侍がそぞろに上っていこうとしていた。

浅い春日の昼さがり。やわらかな斜光に映えて、銀杏髷《いちょうまげ》にした頭のさかやきが青々とかがやいている。

浅黒く、彫りのふかい面差《おもざ》し。わけても、奥二重《おくぶたえ》の眼はするどい。俗に［浪人結び］とよばれる片ばさみにした角帯に、さりげなく両刀を差している。が、その眼光からしても、ただの浪人者とは思われない。

そう。日本橋南ならびに霊岸島《れいがんじま》界隈の湯屋組合から委託された用心棒、［湯屋守《ゆやも》りの源さん］

そのじつ譜代旗本の三男坊にして、時の南町奉行の実弟、空木源三郎政清《うつきげんざぶろうまさきよ》である。

管轄下のおもだった湯屋が休みで、暇のとれたこの日、源三郎はひさしぶりに実家の老母のもとを訪ねようとしていた。

「とび坂は小石川水戸宰相光圀卿《さいしょうみつくにきょう》の御屋敷のうしろ、えさし町より春日殿町へ下る坂、元は此処《ここ》にとび多《おおく》して女童の手に持たる肴《さかな》をも舞下りてとる故とび坂と云《いう》」

と、ものの本にあるが、文中に見える通称えさし町、正式名は［中富坂町］に源三郎の実家はあった。

坂を上りきる手前の横丁を左にまがると、他の旗本屋敷を数軒おいたさきに、空木家の門が見えてくる。

家禄は二千三百石で、数ある旗本のなかでは、［中の上位］

といったところか。

運や才覚しだいで、御書院番頭《ばんがしら》や御小姓《こしょう》番頭、各奉行など、幕府の要職につける家格でもある。

相応に立派な高麗《こうらい》門がそびえ、内側の小屋には門衛が常駐している。訪問客はふつう、そこで誰何《すいか》され、名と用向きとを告げてから、邸内にはいっていく。

源三郎はしかし、素知らぬ顔で通りすぎた。すすけた桜材の板塀にそって、八間（約十五メートル）ほども歩き、黒塗りの小さな裏木戸のまえで足をとめる。

こほんと一つ咳《せき》をすると、そのまま源三郎は木戸を押しあけて、植え込みの茂る小びろい中庭にはいりこんだ。

表口が厳重な構えなのにくらべ、たいそう不用心ではある。が、それが母の知佳《ちか》の方針だった。

知佳の夫、源三郎ら兄弟の父親である空木錦之輔《きんのすけ》はすでに亡《な》い。源三郎がまだ六つか七つのころに他界している。

あとをついだのが、源三郎のすぐ上の兄の浩二郎《こうじろう》だが、その浩二郎の反対を押しきって、知佳はもとからの屋敷の裏手に離れを設けた。そしてそこをおのれの隠居所にして、そちらに移り住んだ。

ついでに、木戸口の出入りが自由にできるようにしてしまったのだ。

「お友達が、じかにわたくしのもとへ来られるように、裏の木戸はいつも開けておきなさい」

しかたなく、当主の浩二郎は母親の言葉にしたがった。

もっとも、人一倍小心で、用心ぶかい彼は、門衛ばかりか家の郎党だの下男だのに命じて、四六時中、中庭のあたりを監視させるようになった。

むろん、門衛はもとより、家人《かじん》はだれも源三郎のことは見知っている。出くわしても、見とがめられることはない。

だが、来訪を兄に告げられてしまうことになり、面倒なことは面倒だ。

「何故《なにゆえ》、堂々と表の玄関から、はいってこぬのか」

だの、

「まずは、わしに挨拶《あいさつ》してから奥の母上のところへと参るのがすじであろう」

などと、やかましく言われるのは、目に見えている。

それが、どこへ引き払っているのか、うまい具合に、いまは見張り役の姿はなかっ

ふっと短く笑って、源三郎は踏み石づたいに庭のなかほどへと進んだ。

（……祝着《しゆうちやく》、祝着）

知佳の隠居所は、浩二郎一家の住まう母屋《おもや》と短い渡り廊下でむすばれていた。

手前に他の倍ほども高い踏み石がおかれていて、そこを［沓脱《くつぬ》ぎ］にして廊下にあがり、知佳の部屋へ行けるようになっている。

その沓脱ぎに麻裏草履《ぞうり》を脱ぎおくと、源三郎は廊下に立ち、しめきってある離れの側の板戸をあけた。

半畳ほどの板敷きがあって、すぐさきが襖《ふすま》で仕切られた知佳の居室だった。

「出入りを自由にしなさい」

と、浩二郎に言いつけたくらいで、知佳のもとには、おとなう者が多い。

ただし、自身が老婦人で隠居の身。当然のことに、

「ちゃんとした用のある客人」

などは来なかった。

近隣から同じ旗本の老婆仲間などが、しじゅう茶飲み話をしにきているのだ。

戸口に立てば、賑やかに談笑する声がもれてくるので、すぐにそれとわかる。が、今日はだれもいないとみえ、室内は静まりかえっている。

ただ、ひとの気配はして、知佳は在宅しているらしい。

（ふむ。これも……祝着）

部屋のまえで腰をかがめて、

「母上……おられますか」

襖ごしに源三郎は声をかけた。

「源三郎でございます。ご機嫌うかがいに参上つかまつりました」

わざと馬鹿丁寧に告げてやる。

「えっ、どなた？」

聞こえていながら、知佳もまた、故意に訊《き》きかえす。

以前からつづいている母子のあいだの、

「対面の儀式」

のようなものだった。

「……源三郎でございますよ」

「…………」

ややあって、内側から襖をあけ、知佳が顔をのぞかせた。源三郎と同じく、やや面長で、頬《ほお》がこけている。

薄鼠《うすねず》いろの小袖《こそで》に、空いろの打掛けをはおり、片はずしにした髷には、だいぶ白いものがまじっていた。ただ六十近い年齢のわりには、すこぶる肌のいろ艶《つや》がいい。

知佳はもともと大きな眼を、いっそう大きく見ひらかせて、

「まったく、あなたときたら、いつもこうなのですからね」

「驚かれましたか」

「あたりまえですよ。毎日のように来る方ならばともかく、何ヵ月も沙汰《さた》なしなのですから……」

「もう、そんなになりますかね」

源三郎をにらんだままに、知佳はゆっくりと形のよい顎《あご》をひき寄せた。

「それが、まえもって文《ふみ》や使いをよこすでもなく、いきなり訪ねてくるだなんて」

部屋にはいり、うしろ手に襖をしめながら、源三郎は頭をさげた。

「それは、どうも……たいへん失礼をば、いたしました」

母のもとへ来るときばかりではない。

どこを訪問するにも——たとえば長兄の南町奉行、筒見総一郎《つつみそういちろう》の駿河台《するがだい》の屋敷をお

とずれるおりにも、たいてい源三郎はあらかじめ何もつたえずにいて、突然に顔を出す。

無精《ぶしょう》といえば、無精。根っからの、

「面倒くさがり屋」

なのである。

くわえて、小石川の実家を訪ねるさいには、べつの問題もあった。

知佳と向きあって腰をおろすと、

「下手《へた》にお知らせしたりすれば、ほら、こちらのご当主の耳にもはいったりしかねませぬ」

源三郎は弁解してみせる。

「そうなると、厄介でございますゆえ」

知佳の顔に、微苦笑がわいた。「ご当主」の浩二郎夫婦と肌があわず、苦手にしている点では、彼女もいっしょなのだ。

知佳の場合は、とくに嫁の松乃《まつの》と折り合いがわるい。

「ともあれ、母上」

源三郎は襟《えり》をただし、あらためて低頭する。

「ながらくご無沙汰しておりまして、申しわけもございません」
「本当に……」
とだけつぶやいて、知佳は末息子の身なりをじろりと見まわした。
さかやきこそはきちんと剃《そ》っているものの、羽《は》織袴《おりはかま》もつけない着流しで、帯は片ばさみ――いかにも、
［浪人そのものの風体《ふうてい》］
ではないか。
もっとも、今日などは増しなほうで、いつぞやは浴衣《ゆかた》のごとき単衣《ひとえ》であらわれたこともある。もちろん帯刀などはしておらず、丸腰の町人姿である。
（いったい、何て格好なの）
とは思うが、知佳は口には出さない。
ただ眉《まゆ》をひそめ、目尻をつりあげて、見つめるだけである。
好奇心が旺盛、というより、
［野次馬根性のかたまり］
である嫁の松乃が町に出るたびに、源三郎の噂を聞きつけてきて、［報告］のかたちで姑《しゅうとめ》の耳に入れる。

ために、じっさいには会わずにいても、知佳はこの末の息子のことは、およそ何でも知っているのだった。

二

そんなことは、源三郎の側でも先刻承知。母の非難の視線を笑顔でうけとめ、

「今日は母上、少々ですが、そばを持参いたしました」

と言って、かたわらにおいた風呂敷包みに手をのばす。なかには畳紙《たとう》につつんだそばが幾束か、はいっている。

源三郎が暮らす深川・堀川町《ほりかわ》はおけら長屋の表店《おもてだな》、信濃屋《しなのや》のそばであった。

「たしか、母上。おそばは召しあがりましたよね」

「……信濃屋のおそば、ですか」

たちまち、知佳の表情がゆるんだ。

召しあがる、どころか、

「目がない」

といえるほどの大好物なのである。

ところが、寡婦《かふ》・隠居の身とはいえ、れっきとした旗本の元令夫人が［お忍び］の格好ででも、そうたやすくは街なかのそば屋などへは行けない。

そこでかつて一、二度、源三郎が手土産に信濃屋のそばを持ってきたことがあって、すっかり気に入ってしまったのだ。

「最前、店主に頼んで打ってもらったばかりです」

畳紙を解いて、つやつやとした打ち立てのそばを示してみせる。

風呂敷のなかには、そば汁《つゆ》も小さな徳利《とっくり》に入れて、添えてあった。煮きった醤油《しょうゆ》に煮きったみりん、それに特製の黒糖を［隠し味］にくわえた、

［信濃屋自慢の逸品《いっぴん》］

である。

それを見て、知佳は眼をほそめ、満面に笑みをうかべた。

勝ち気で口うるさいだけではない。少女のように愛らしいところもある母なのだ。

だからこそ、源三郎も、

（たまには、会ってみようか）

という気になるのだった。

源三郎の行状に関しては、松乃のほかに、総一郎も知佳の耳に入れていた。
空木家の長男でありながら、総一郎は、遠縁の名家・筒見家のたっての要請により同家に養子にはいった。
源三郎のすぐ上の兄、次男の浩二郎が空木家の当主となったのも、そのためである。
浩二郎はいまだ平《ひら》の御書院番にとどまっているが、筒見家のあとをついだ総一郎は、みる間に出世して、御書院番頭となった。さらに、これより七年まえの文政三(一八二〇)年、
[江戸市中の治政と治安をあずかる南町奉行]
に就任している。
その筒見和泉守《いずみのかみ》総一郎政則《まさのり》の[密命]によって、源三郎は、
[町奉行の個人的な隠密であり、探索方]
といった役割をになわされることとなった。
彼が空木の家を出て、湯屋の用心棒になったのは、たまたまであったが、それを利して、民衆のなかにもぐりこむ。そのうえで諸々の悪事をあばいて、
「町方役人の仕事に協力するよう」

申しわたされたのである。

そこまでくわしいことは、知佳も知らない。

が、たとえば昨秋。――

源三郎が警護を託されていた霊岸島の湯屋で女が一人殺され、ただの痴情がらみの事件かと思いきや、中山道《なかせんどう》すじに跋扈《ばっこ》していた盗賊の一味がからんでいたことが発覚。

その探索にかかわったばかりか、源三郎は与力や同心、目明かしらといっしょに、

「詰めとなる大捕物」

にも参加している。

「……総一郎から聞きましたよ。源三郎、あなたも駆りだされて、板橋宿《じゅく》までおもむき、たいそうなはたらきぶりを見せたそうですね」

「いや、なに、盗賊とはいっても、しょせん相手は与太者《よたもの》や博打《ばくち》うち……せいぜいが、喰いつめた浪人どもですからね」

「さほどに剛の者はいなかった、と?」

「まぁ、そんなところです」

知佳はちょっと黙り、遠い昔を思いだす顔つきになった。やがて、また口をひら

き、

「このさきの牛天神《うしてんじん》わきの遠野道場では、あなた、齢《よわい》わずか十七にして右に出る者がいない、とまで言われるほどでしたものね」

「おやめください、母上」

やんわりとした口調ながら、源三郎は毅然《きぜん》として話のつづきをこばんだ。

謙遜《けんそん》でも、照れているのでもない。

じつのところ、いまの母の言葉をかりれば、

「右に出る者がいた」

のである。彼のほかにもう一人、神道無念流《しんとうむねん》の免許皆伝を得、同じように、

「いずれは師範代になれる」

と言われていた者が。

同年輩でもあり、親友でもあった。

その片桐哲之丞《かたぎりてつのじよう》とあるとき、稽古中に源三郎は防具をつけず、木太刀《きだち》で立ち会った。源三郎の振りおろした木刀は哲之丞の脳天を強打。打ちどころがわるかったとみえ、結果として彼は無二の友の生命《いのち》を奪うこととなった。

それを機に、源三郎は道場をやめ、空木の家をも出ることにしたのだった。

そのときから、ちょうど十年ほどになる。――

すぐに源三郎の心中を察して、知佳は昔話をやめた。ただ、彼がいまも剣の腕だけはみがいていることを褒《ほ》め、

「源三郎、あなた、もっときちんとした格好で、総一郎を扶《たす》けることもできるのではないですか」

「どういうことでしょう、母上？」

源三郎は訊きかえしたが、母の言いたいことはわかっていた。

要するに知佳は、源三郎がどこか、しかるべき旗本の家の養子となり、相応の手順を踏んで兄の家来なり、部下なりになることも可能ではないかと思っているのだ。

「いつまでも、町人の暮らす長屋に住んで、お湯屋の用心棒をしているわけにはいかないってことですよ」

（来たな）

と、源三郎は思った。

（ここは、気をつけないと、うまく母上の口車《くちぐるま》に乗せられてしまうぞ）

そのときだった。

「遅くなりました」

襖の外で、年若い女人《にょにん》の声がした。

「……お茶をはこんで参りました」

隠居所付きの女中らしい。

この離れには、ほかにもいくつか部屋があって、女中や小間使い、下男らがつめている。

流しやかまどなどが一とおり揃った、炊事場もあった。

知佳の居室の次の間には常時、彼女の身のまわりの世話をする女中がはべっている。そして、いまのように来客がある場合、何も申しつけられずとも、気配で察して茶菓などをはこんでくるよう、しつけられているのだった。

「はいりましても、よろしゅうございましょうか」

「どうぞ。おはいりなさい」

外から襖があけられ、女中が一人姿をみせた。廊下に座したままに、ふかく頭をさげると、

「それでは、失礼いたします」

かたわらにおいた盆を抱えて、立ちあがり、部屋にはいった。知佳と源三郎母子《おやこ》の

そばに来て、ふたたび静かに膝《ひざ》をつき、二人のまえに湯呑みと干菓子《ひがし》の盛られた皿とを順においていく。

何とも優雅な所作で、つい源三郎は見惚《みと》れてしまった。矢絣《やがすり》の地味な留袖《とめそで》姿でいるが、まだ嫁入りまえの武家の娘のようで、

（ただの新参の女中）

とも思われない。

それかあらぬか、知佳は微笑をうかべて、源三郎のほうを向き、

「この娘は、お園《その》と言います。三月《みつき》ほどまえから、わたくしのもとで預かっているのですよ」

「……行儀見習いで？」

黙ってうなずきかえすと、知佳はゆっくりと視線を動かしながら、こんどはお園に向かって言った。

「こちらは、源三郎……事情《わけ》あって、いまは家を離れていますが、当家の三男、末の息子です」

顔をあげて、ちらとお園は源三郎を見やった。

年の頃は十七、八か。源三郎と同じ深川のおけら長屋に住まう、おみつといっしょ

ぐらいである。

愛らしい丸顔で、おみつに負けず色は白いし、目鼻立ちもととのっている。が、全体として表情に張りがない。のっぺりとしていて、おみつのもつ精彩や、

「内面からの冴《さ》えのようなもの」

に欠けていた。

源三郎に見つめられて、ちょっとお園は頰を赤らめたが、すぐにまたうつむくと、三つ指をついて低頭する。それきり判で押したような辞去の言葉を告げると、腰をあげた。

三

お園は空の盆を持って、炊事場のほうに向かったようだ。

その足音が消えるのを待って、

「源三郎、お園さんをどう思いました？」

知佳が訊いた。

「どうって……それこそは礼儀ただしくて、良い娘さんじゃありませんか」

「それでは、あなた、気に入ったのですね」

「いや、気に入るとか、そういうことではなくて……」

応答がしどろもどろになってくる。

何のことはない。母はいつものように、自分に縁談を押しつけようとしているのではないか。

しかも今日は、現実に相手の娘までいる。行儀見習いの奉公にあがっているのは本当だとしても、あまりにも時宜《じぎ》を得すぎている。

(飛んで火に入る夏の虫とは、まさに今のおれのことを言うのだ)

いや、このところ、長兄の総一郎が、

「母上のもとへ、ご機嫌うかがいに行くように」

と、再三言ってきていることからして、おかしい。

弟の源三郎が湯屋の用心棒となり、「陰ながら」おのれの仕事を扶けてくれていることに同意もし、感謝すらしながらも、本音《ほんね》のところでは総一郎も知佳と同じように考えているのではないか。

源三郎が空木家にもどり、そのうえで他家の養子になる、ということである。

次男の浩二郎夫婦に対するのとはちがい、知佳は総一郎とのあいだはすこぶる円満

で、しじゅう連絡をとりあっている。それだけに、源三郎には、

（もしかして、これが二人の狙いだったのではないか）

とすら思われた。

（……危ない、危ない）

と、源三郎が身がまえる気分になった矢先、

「わたくしは、良いお話だと思うのよ」

知佳が身を乗りだし、膝をつめてきた。

「お園さんは三人姉妹のいちばん上……男子《おのこ》のおられぬお家でしてね、もうずいぶんと以前から、ご両親がお婿《むこ》さんをさがしているのです」

彼女の家は譜代旗本二千石で、家格としては空木家とほとんど差がない。

つまりは「釣り合い」がとれている。

「本人の努力しだいでは、組頭《くみがしら》にも番頭にもなれる家柄です」

総一郎のように、奉行職につくことだって、夢ではない。

「それで、あなたがお園さんを気に入ったのならば、何も言うことはありませんよ」

「いえ、母上。あちらの……お園さんの側のご意向もあるでしょうに」

「そのことなら、大丈夫。わたくしがご両親から一任されていますしね、最前のお園

さんの様子から見ても……」

案の定、であった。が、ここでうっかり気をゆるしたりして、母の意見を容《い》れようものなら大事《おおごと》である。

「お待ちください」

と、源三郎は知佳の顔を正視した。

「たしかに、わるいお話ではないようですが、遠慮しておきますよ」

「何故《なにゆえ》です？」

「何故って……いまはまだ、その気になれぬからです」

答えてから、ふっとまた源三郎は、おみつのことを頭の隅に思いうかべた。

ふだんおみつは、おけら長屋の表店、信濃屋の給仕をしている。が、そのじつ、特別にゆるされて、

「白房の十手をあずかる女目明かし」

だった。切れ長の眼をした美形であるばかりか、機敏にして聡明な娘だ。

「源三郎、まさか、あなた、町人の女子《おなご》衆なぞと……」

察したように、知佳が言い、こころもち眼をとがらせた。が、

「何をおっしゃってるんですか。そのような勘ぐりは、母上には似合いませぬよ」

源三郎にいなされて、肩を落とし、ふっと短く吐息をもらした。

どうやら総一郎も、おみつのことまでは知佳の耳に入れていないらしい。

だが、そのおみつの亡父・白鷺《しらさぎ》の銀次《ぎんじ》がいなければ、いまごろ源三郎はこの世の中から消えていた。かつて放蕩無頼《ほうとうぶらい》の暮らしをしていたころに、彼は賭場《とば》の博徒らに簀巻《すま》きにされ、危うく大川に投げこまれるところだった。

それを間一髪《かんいっぱつ》で救ってくれたのが、岡っ引きの銀次親分で、身代わりのようにして銀次は敵方の浪人に斬られ、一命を失ったのだ。

以来、源三郎は心を入れ替えて、

（世のため人のために尽くそう）

ときめた。と同時に、死んだ銀次を介して、娘のおみつとは、

（目に見えぬ、ふかい絆《きずな》でむすばれている）

と感じるようになったのである。

いずれにしても、母や兄らの思惑はともかく、源三郎は現在《いま》の自分の立場に満足している。

深川のおけら長屋に暮らして、町人たちと親しく交わることも、湯屋守り――湯

屋・銭湯の用心棒をなりわいとすることにも、まったく抵抗はない。

それどころか、日々を気楽に愉《たの》しくすごしているのだ。

それを思えば、旗本の三男坊として、

「肩身のせまい部屋住み」

にもどるのも真っ平御免なら、知佳の勧めに応じて、他家に婿入りし、「窮屈な養子」となることなど、論外であった。

「……ともあれ、母上。わたくしは当分、身をかためようなぞという心積りにはなれませぬ。そのこと、とくとご承知おきくださいませ」

そう告げて、源三郎が畳に額がつくほどにふかぶかと頭をさげようとしたとき、

「ご歓談中、恐れ入りますが」

またぞろ襖の外で、お園の声がした。

「……山岡家の大奥さまが、お見えになられました」

山岡家は同じ町内の、空木家から二、三軒離れた並びにある。家格もほとんどいっしょなら、「大奥さま」も知佳と同様、夫に先立たれたやもめの隠居――いちばん仲の良い茶飲み友達である。

（これはまた、千載一遇《せんざいいちぐう》の好機）

とばかりに、源三郎は腰をうかせ、

「それでは、母上。わたくしめは、これにてお暇《いとま》つかまつりまする」

口にするなり、知佳の応答も待たずに、背を向ける。そのまま、襖をあけたお園と入れ替わるようにして外に出てしまった。


そうやって源三郎は、うまいこと母親から逃がれたつもりでいた。が、渡り廊下を降り、踏み石づたいに裏木戸に向かおうとして、

「あーら、源三郎どの」

こんどは、兄嫁の松乃に見つかってしまった。

松乃はたまたま母屋から離れへ向かおうとしていて、義弟の姿を眼にとめたのだ。彼女は渡り廊下のなかほどで立ちどまると、大声でよびかけた。

「……お義母《かあ》さまのところへいらしていたのですね」

首だけを松乃のほうに向けて、源三郎は黙ったまま、会釈を返した。からだや足は、木戸の側に向いている。

それと見て、松乃はさらに声音を高めた。

「よもや、お帰りになるのではないでしょうね。ひさかたぶりではございませぬか。

殿に、お顔をみせるぐらいのことはしていただきませんと……」

［殿］とは、源三郎の次兄の浩二郎のことである。松乃は夫をいつも、そうよんでいる。

「ちょうど殿は本日、非番でして、幸い在宅しておられます」

幸い、どころではない。逆であった。

（非番で、在宅中とは……災いそのものではないか）

だが、この［災難］を避けることは難しい。ここで松乃を振りきって逃げたりすれば、あとで何を言われるか、知れたものではなかった。

いや、そんなことはどうでもいいが、浩二郎は自尊心だけは異様に強い。

おまけに執拗《しつよう》で、どんな些細《ささい》なことに関しても根にもつ性格である。自分が弟にないがしろにされたとあっては、あとには引かない。

若党だの下男だのをおけら長屋にまでつかわして、源三郎を召しだそうとするだろう。

（下手をすれば、この松乃をわざわざ寄こしたりもしかねない）

長屋のみんなには――おみつにすらも、源三郎は、

［旗本の子弟］

たる正体を明かしてはいない。

変に意識されて、特別扱いされるのも嫌だし、それより何より、一介の「湯屋守り」に徹し、

「市井《しせい》のなかに溶けこんで、探索方に協力する」

ということができなくなってしまうからである。

そのことを考えると、おとなしく松乃の言葉にしたがうほかはなかった。

四

正面からはいるように言われて、庭をまわりこみ、玄関先に立つと、戸をあけて、

「ごめんください。失礼いたします」

あらためて、よばわった。

式台《しきだい》には松乃が立って待っていて、笑顔のままに源三郎を招じ入れ、玄関間のさきの客間兼書院に案内する。

それから彼女は用足しをしに、いったん離れへと向かった。

松乃が母屋側の女中に命じて用意させたぶ厚い座布団に腰をおろし、番茶をすすっ

て待つほどに、襖をあけて浩二郎が姿をあらわした。

源三郎と向きあって上座に坐ると、

「……母上のもとへ参ったのか」

「はい。長らくご無沙汰しておりましたので、ちとご機嫌うかがいに、と……」

「ふむ」

渋面《じゅうめん》のままに、浩二郎はうなずきかえす。

源三郎が母屋を通らずに、裏木戸から渡り廊下をたどり、直接隠居所へ行った。その事実を松乃から聞き、不快に思っているのだが、さすがにそれは口にしない。

「何やら薄汚い裏店《うらだな》に住まい、町人どもとまじりおうて暮らしているようじゃな」

そう告げて、つづけた。

「いい加減に目を覚ましたら、どうだ。源三郎、わが空木家の恥になるような真似はやめるんだな」

「はぁ、しかし……」

「しかもへ、ちまもあるか。おまえがどこで、どのようなことをしておるのか、このわしが知らぬとでも思うておるのか」

「…………」

松乃だった。松乃自身が見聞きしたり、また女中や下男らを［間諜《かんちょう》］のごとくに使って、日ごろの源三郎の行状をしらべあげているのだ。

浩二郎は、源三郎がたんに湯屋の用心棒をしているのみならず、南町奉行の長兄・総一郎と連携し、探索方に協力していることも知っている。

盗賊相手の大捕物にくわわったのをはじめ、数々の手柄をあげることで、

「たいそう、お義兄上《あにうえ》さまのお役に立っているようですよ」

と、これも松乃から聞いた。

だからこそ、よけいに気に入らないのである。

筒見家に養子に出された総一郎が御書院番頭をへて、いまや町奉行にまでなったというのに、浩二郎はといえば、いまだ平の御書院番にとどまっている。

二千三百石の空木家と、三千五百石の筒見家とでは、たしかに家格もちがう。

だが、そればかりではなかった。

二千石前後の扶持《ふち》しかなくとも、番頭や諸奉行の地位についた旗本は、これまでにも少なからずいる。

浩二郎は、その種の能力に欠けているのだ。源三郎に言わせれば、

［愚鈍《ぐどん》そのもの］

なのである。

愚鈍なくせに、意地だの欲だのは人並み以上にもっている。そしてまた、

（だれもが、おのれと同じはずだ）

と思っていて、そういう眼で他人を見る。

「よいか、源三郎、わしにはわかっておるのだぞ」

いまも、浩二郎は言いだした。

「おまえが何故にお奉行の手助けをしているのか、とうに見抜いておるのじゃ」

松乃が夫を［殿］とよぶように、浩二郎は血をわけた実の兄・総一郎のことを［お奉行］とよぶ。文字どおりの、

［似た者夫婦］

なのである。

「はて、いったい、何のことでしょう」

と、源三郎は訊きかえしたが、

（どうせ、愚にもつかぬことだ）

と思っている。

「しらばっくれるでない……貴様の狙いは、筒見家の身代にあるのであろうが」

「何をおっしゃるのですか、兄上。まさか、そんな……」

一瞬、源三郎は唾をのんだが、世間的には、まったくあり得ない話ではなかった。子どもに恵まれない夫婦が、歳の離れた実の弟を養子にする例はたくさんある。そしてじっさい、総一郎には家督をつがせるべき実子がいないのだ。

しかし、いくら総一郎とは親しく、なじんでいるとはいえ、それも［窮屈な話］であることに変わりはない。

たとえ望まれたとしても、源三郎のほうから断わるであろう。

源三郎は、それをはっきり口にしようとした。が、浩二郎は真顔でいる。

まさに、

［疑心暗鬼《ぎしんあんき》の権化《ごんげ》］

と化していた。

望んでも出世できないでいる苛立《いらだ》ちや怨み、そこから来る長兄への嫉妬《しっと》などが、ないまぜになっているのだろう。

源三郎は喉もとまで出かかった言葉を抑えて、黙りこんだ。

浩二郎もまた口をつぐみ、しばらくのあいだ、気まずい沈黙がつづいた。

毎度のことではあった。かつての源三郎であったなら、ここで迷うことなく、

「それでは、兄上」

と腰をあげ、さっさと退散していただろう。

そうもならずに、上等な柾目板《まさめ》の貼られた天井だの、床の間の瀟洒《しょうしゃ》な飾り棚だのをぼんやり眺めていると、

「父上、お父上っ」

叫びながら、浩二郎があけたままでいた襖のわきから、男児が一人、飛びこんできた。

浩二郎の長男、源三郎にとっては甥《おい》にあたる吉太郎《きちたろう》だった。たしか、今年三歳になるはずである。

吉太郎は片手で薄い半紙の端をつかみ、左右に揺すって、ひらひらさせていた。墨汁で文字が書かれている。

紙を動かしているので、見にくいが、ただの一文字、［吉］と読めた。

「りつに習って、あちらのお部屋で、わたくしが書きました」

りつというのは、この家にふるくからいる老齢の乳母《うば》で、総一郎に浩二郎、源三郎の三兄弟、その間の二人の姉妹——佳絵《かえ》と佳津《かづ》もそれぞれ世話になっている。

「お父上しゃま。どう思われましゅるか」

舌足らずの口調で言い、吉太郎は小さく首をかしげてみせる。

すると、浩二郎の表情が一変した。眼をほそめて、息子とその手に握られた半紙の文字とを見くらべ、

「吉太郎の吉か……なかなかに、よい字じゃ。えらいぞ、ほんに上手に書けたわ」

満面に笑みをたたえた。

そばで、源三郎はあきれ顔でいた。

何とか読みとることはできるものの、みみずと言おうか、どじょうにも喩《たと》えられようか……何本かの墨黒《すみぐろ》の太い線が白い紙の上で踊り、のたうちまわっている。

それはともかく、久々に眼にする吉太郎が、あまりに浩二郎に似てきていることに驚いた。眉毛のあいだが変にひろくて、どうにも間が抜けたところなど、

（そっくりではないか）

そう思い、内心で笑っているうちに、しだいに腹が立ってきた。

（いずれは、この子が空木家の跡とりか）

浩二郎の場合は例外で、たいていは長男が家のあとをつぐ。それが旗本や大名家のつねであり、家督の問題に関しては、本人の能力や才覚は二の次になっている。

いわゆる［世襲《せしゅう》］が絶対的なのだ。

町人らのなかで気楽に暮らす現在の立場はひとまずおいて、

「部屋住みの厄介者」

と言われつづけた昔を思いかえし、今さらながらに源三郎は口惜しさをおぼえた。

しかし、

（おれよりも、もっと大変なのが、おけら長屋の道之助《みちのすけ》や章之助《しょうのすけ》だ）

彼らの父親の田所《たどころ》文太夫《ぶんだゆう》は武家ではあるが、目下のところ、奉公先のない浪人者だ。浪人の子弟はおおかた、浪人になるしかない。

こちらも当人の器量とは関係なしだ。それが、世襲というものだった。

（医家志望の道之助はともかく、剣術の稽古を厭《いと》いつつも、文武の両道をまなばねばならぬ章之助は、どうなるのか……どうしようというのだろう？）

考えながら、ふと見ると、いつのまにか吉太郎は浩二郎の膝の上に乗っていた。父親の腕に抱かれて、気持ちよさそうに寝息を立てている。

つられたように、浩二郎までが眼をつぶってしまっていた。

（こりゃあ、たぬきだな。父子のたぬきの置物だ）

ちげえねえ、と心中につぶやき、吹っ切れた。

目のまえの［置物］に向かって、軽く頭をさげると、源三郎は何も告げずに腰をあげた。

そのまま玄関間に立とうとして、またしても松乃と行きあった。彼女は離れでの用をすませて、もどったところで、

「あーら、もうお帰りですか」

と、ちょっと唇をとがらせてみせた。

「これから、お酒の支度なぞ、しようと思っておりましたのに」

「いえいえ、兄上はお疲れなのか、眠たそうでしたし……」

応えながら、

（とんでもない）

と、源三郎は思った。

（この家のまずい酒なぞ、飲みたくもない。それに酒なんかはいったら、いよいよ兄は口やかましくなる）

「そのように、いそがれて……これからまだ、どこぞへ行かれるのですか」

「はい。せっかくですから、近くの牛天神に立ち寄って、お参りでもして帰ろうかと思いまして」

「なるほど……あそこには昔、源三郎どのがお通いになっていた剣道場もございますしねぇ」

松乃は納得したように言い、ようやくにして源三郎は三和土《たたき》に降り、空木の家を脱けだすことができた。

五

松乃は得心したようだが、最初は、

［牛天神詣《もう》で］

など、まったく源三郎の頭にはなく、ただの出まかせといえた。

だが、空木家の高麗門をくぐり、外に出ると、源三郎は富坂のほうには向かわず、反対側に足を向けた。

この路地をつきあたって右へ、道なりに進めば、じきに牛天神にたどり着く。

牛天神こと北野神社の縁起《えんぎ》は、

［鎌倉将軍・源頼朝《よりとも》の時代］

にさかのぼる。

当時はまだ、このあたりまで海が迫っており、頼朝が東征のおりに海路に差しかかった。入江のきわに立つ松に船をつなぎ、仮眠をとりながら、頼朝は波が鎮《しず》まるのを待っていた。

すると、夢まくらに菅公《かんこう》（菅原道真《すがわらのみちざね》）が牛に乗って現われ、こう告げたという。

「ほどなく武運興隆につながる吉事が二つあり。それに満足したのちは、この地に社《やしろ》をいとなむべし」

目覚めてみると、まかふしぎ。枕もとには、

［牛のかたちをした石］

があった。

その後、なるほど後つぎとなる頼家《よりいえ》が生まれ、宿敵・平氏を西方に追いやることができた。

これを喜んだ頼朝は、ここに社殿を建て、

［菅公すなわち天神さま］

をまつることにしたのである。

ふるく由緒ある神社だけに、ほかにも興味ぶかい逸話はいろいろある。

源三郎が気になっているのは、しかし、そちらの社ではない。隣接して建っている剣道場のほうである。

源三郎の去りぎわに兄嫁の松乃も口辺にしたが、母の知佳の口からその名がもれたとき、すでにして彼は［遠野道場］にとらわれている自分を感じていた。

（道場主の遠野彦五郎《ひこごろう》先生は、お達者であろうか……訪ねてゆき、お会いして、この眼でたしかめてみたいものだ）

そう思いながらも、源三郎はなお遠い日の過《あやま》ちにこだわり、素直に訪ねることができないでいる。

源三郎との稽古試合で親友の哲之丞が亡くなり、それを機に道場をやめ、家をも出てから三年目。――

放蕩三昧《ざんまい》の日々を送っていた源三郎は生命の危機にさらされたが、白鷺の銀次の捨て身の救出によって生きながらえた。

そのおりに彼は一度、牛天神をおとずれたことがある。

更生を誓うための参詣であったが、

（もしや過去のことは忘れて、遠野道場をのぞいてみることができるのではないか）

そんな気持ちもないではなかった。

ただ道場の様子を眺めるだけではなく、復帰して、

（ふたたび先生の教えを請うことができるかもしれない）

とすら考えたのである。

ところが、であった。

牛天神は西方の牛込《うしごめ》や小日向《こひなた》方面を見おろす断崖上に立ち、手前の東隣に遠野道場は位置している。

薄い板壁を通して、社の境内にまで、稽古をする門弟たちの威勢のよい掛け声がひびいてきていた。

主殿のまえに立ち、源三郎が合掌《がっしょう》している間にも、その声は耳につく。

すると、彼の脳裏には、

［在《あ》りし日の哲之丞の姿］

が、まざまざと浮かびあがった。

わけても立ち会ったときの颯爽《さっそう》とした立ち居。それが源三郎に［面《めん》］を打たれて一転、蒼白《そうはく》と化し、口から泡を吹き、早くも死相があらわれる……たまらずに源三郎は頭を抱え、祈願もそこそこにその場から逃げだしていたのだった。

以後、彼は現実に更生し、

「世のため人のために尽くす」

ようにはなった。

が、そういうことがあったために、それからは実家の空木家に行くことはあっても、間近の遠野道場をおとなうことはおろか、牛天神に立ち寄ることもできないでいたのである。

そうして、さらに七年の歳月がすぎ、いままた彼は同じ社の境内に足を踏み入れようとしていた。

本殿まえに立ち、両の手をあわせる。

かつてと同じ言葉をつぶやく。

浮かびかけた旧友の顔がなぜか、ふいと消えた。

「ゆるせよ、哲之丞」

（……あのときと、ちがう）

ちがっているのは、それだけではなかった。

いまは、道場からの声が聞こえない。かすかに打ちあっている気配は感じられるのだが、威勢のよい掛け声が失せている。

（どうしたことなのか）

ふしぎに思い、いっそう気がかりになった。

このたびは、気負うこともなかった。

参詣をすませると、おのずと源三郎の足は遠野道場の板壁へと向けられた。吸い寄せられるように近づいて、格子《こうし》窓ごしにのぞきこんだ。

「一人、二人……」

とかぞえられるほどの門人しかいない。

しかも気合いをおびた声を出そうという者はなく、みな投げやりな様子で素振《すぶ》りをし、打ちあっている。いかにも、

［荒れた雰囲気］

がただよっていた。

(何だ。いったい、何があったのだ？)

そのときだった。源三郎は突然に、うしろから肩をたたかれた。

「ひさしぶりじゃなぁ、空木」

しわがれた声が聞こえ、ふりかえると、彦五郎が立っていた。

「もう十年になるか……ほんに一昔にもなる」

「……遠野先生」

言ったきり、源三郎は絶句してしまった。

遠野彦五郎は、神道無念流を一挙にひろめた三代目の岡田吉利《よしとし》（初代・十松）の愛弟子の一人だった。

「練兵館《れんぺいかん》」を開設した同門の斎藤弥九郎《やくろう》より二十年近くもまえに、ここ小石川の春日町に道場をひらき、そのころすでに三十なかばになっていた。

いまや、五十をとうにすぎている。肌に張りがなくなり、皺《しわ》や染みが目立つ。総髪《そうはつ》にした頭も、銀糸《ぎんし》をたばねたようになっていた。

あまつさえ、ひどく元気がない。肩を落とし、背を丸めている。

歳も歳だが、それ以上に老けて見えるのは、そのせいもあるのだろう。

道場の棟つづきに、二つ三つ部屋をそなえた彦五郎の住まいがある。

その旧師に手まねきされて、ついていき、そちらの土間に立った。

「まぁ、あがりなさい」

うながされて、源三郎は草履を脱ぎ、彦五郎の居室にはいった。

土間をあがってすぐの板敷きの上に、藁《わら》ござが敷いてあり、中央に四角く仕切られた炉があった。

いまは、その囲炉裏《いろり》に火の気はない。が、春まだ浅く、朝晩にはけっこう冷えこむ。朝方の炭火の温もりが、かすかに残っているように感じられた。

鉄の火箸《ひばし》を手に取り、その温もりを掘り起こすように、炉中の灰をかきまわしながら、

「空木、わしはな、いずれ、おぬしがここに現われるじゃろうと思うておったよ」

彦五郎は言った。

「いつかは、必ず来るであろうとな」

だからこそ最前、十年もの時をへても、うしろ姿だけで源三郎だとわかったのだという。

「……おぬしが変わっていないせいもある」

「変わってはおらんでしょうか」

「ふむ。大人にはなったがな」

無駄がなく、俊敏そうなからだつき、も、同じなら、端整ながら浅黒く精悍《せいかん》にみえる顔立ちも変わってはいない。

そんなふうに告げて、小さく笑ってから、

「わしはな、もう駄目じゃ……二、三年ばかりまえから、手や足ばかりか、からだの節々が異様に痛むようになってな」

みずから剣をとるどころか、弟子たちを指導すべく道場に立つことすらままならなくなった、と言う。

さだかな原因が不明のままに、関節や筋肉に激しい痛みが生ずる疾患――リューマチスである。

「頭の痛い問題も多い」

ぼそりと告げると、ふいと彦五郎は口をつぐみ、何事かを考えはじめた。

静かになると、かたわらの道場からの物音が、にわかに大きく聞こえた。

打ちあい、たたきあう竹刀《しない》の音や、床を擦《す》り、踏み、蹴《け》る足の音……稽古中だけに当然、話し声は絶えている。

が、依然として掛け声もなければ、激しい息づかいも聞こえてはこない。

「……先生」

沈黙を破って、源三郎は言った。

「さきほど稽古の様子を拝見していて、思ったのですが、みな、あまり熱心ではないようで」

師範の彦五郎が病みがちなこともあるのだろう。が、そればかりではなさそうだ。

「いま、こうして耳を澄まし、道場からの物音を聞いていても、察せられます。何だか覇気《はき》がなく、投げやりなふうに感じられますが……」

「それよ、空木。わしが目下、いちばんに頭を悩ませておるのはな」

真白の総髪に手をやって、彦五郎はふかくため息をもらした。

六

もとはといえば、彦五郎に子がないことに起因していた。

妻帯せぬままに五十の峠を越えてしまったのだから、ふつうなら子どもなどいるはずもないが、問題は後つぎ——遠野道場の経営を託すべき後継者だった。

「おぬしは覚えておるかのう、わしの甥のことを」

「はい。たしか……辰之介《たつのすけ》さんとか申しましたね。一度か二度、道場へ遊びにきたのを見かけたことがあります」

「そうか。あのころは齢十くらいにはなっていたかと思うが、まだ剣の道を教えてはおらんかったからな」

彦五郎には多恵《たえ》という名の妹が一人いて、ある小大名の用人のもとへ嫁《とつ》いだ。その二人目の息子が辰之介だったのだが、彦五郎は、その甥の剣の才に目をつけた。辰之介が本格的に剣術をまなびはじめたのは、五、六年ほどまえになる。源三郎はすでに、遠野道場を去っていた。入れ替わるようにして、道場に通うようになったのだが、当時の辰之介はまだ、強いだのどうだのといえるような腕前ではなかった。

「じゃが、すじが良かった」

と、彦五郎は言う。

「……とは申しても、源三郎、おぬしや亡くなった哲之丞ほどではむろん、なかったがな」

言ってしまってから、彦五郎は舌打ちし、ちょっとまた黙った。

自分が、源三郎のこだわり――「辛い過去」に触れてしまったことに気づいたからである。

（みずからの木太刀で哲之丞を殺《あや》めた）

との思いから、源三郎は遠野道場をやめた。そして、そのことにこだわりつづけたがために、これまで何年も彦五郎のまえに姿を見せずにいたのだった。

だが、もはや［呪詛《じゅそ》］は解け、［禁忌《きんき》］は破れた。

「……かまいませぬ。先生、お話をつづけてください」

「ふむ。辰之介の稽古ぶりを見ておってな、そこそこに才はある、これは伸びそうだと思うたのじゃよ」

さいわい、辰之介は多恵の次男で、家督をつぐ立場にはない。そこで彦五郎は多恵と話しあい、遠野道場をつがせるつもりで、辰之介を養子にとった。

はたして辰之介は、彦五郎が見こんだとおり、みるみるうちに力をつけ、わずか三年で源三郎や亡き哲之丞と同じく、神道無念流の免許皆伝となった。

さらに一年後、弱冠二十歳《はたち》にして養父・彦五郎を補佐する師範代の座についた。

「ところが、それからまもなく、わるい仲間ができてな」

「辰之介さんに、ですか」

「ああ……やつよりもだいぶ年かさのいった浪人たちだが、これがどうにも質《たち》がわるい」

世にいう、

［ごろつき浪人］

のようだ。

それがいつも五、六人で群れている。

「何でまた、そんな連中とかかわりあうようになったのですか」

「いや、きっかけはつまらぬことでね」

彦五郎はほとんど下戸《げこ》というに近く、源三郎には、彼が酒を飲んでいる姿を見た記憶がない。その伯父《おじ》の血をついだものか、辰之介もまた酒に弱かったが、あるとき、祝い事の席で無理に酒を飲まされた。

「帰路に、酔うて道に倒れていたのを、たまたま通りかかった連中が、おのれらのたまり場に連れていき、介抱したというわけじゃ」

彦五郎にとっては「つまらぬこと」でも、当の辰之介は正体なく酔いつぶれ、どんな目にあっても仕方がないところを、助けられたのである。たいそう恩に着た。

「その弱みにつけこむ格好でな、やつに取りつくようになったのよ」

と、彦五郎は言う。

以来、浪人たちは当たり前の顔をして、道場に出入りするようになった。

この住まいのほうにも平気で立ち入り、たむろして、昼間から酒を飲む。飲んで酔っては、辰之介を誘い、外へ遊びにくりだしていく。

「そうやって、おのれらだけで騒いどるのならば、まだ増しなんじゃ……酔うた勢いで、連中は道場の門人たちに稽古をつけようとする。師範代のまた代理だ、とか申してな」

町人や、武士のなかでもことさらに弱い者をえらんで、立ち会わせる。

「それも一対一でやるのならばともかく、何人もで取りかこみ、突いたり、たたいたりする始末だ」

「ほとんど苛《いじ》めか、憂《う》さ晴らしですね」

相手をさせられたなかには、大怪我をする者までいる。当人はもとより、周囲で様子を見ていた者も嫌気が差し、道場に来なくなる。

噂を聞いて、新たに入門しようと考えていた者もしり込みするから、門人の数が激減してしまったのだ。

(活気がなくなって、当然か)

と、今さらながらに源三郎は思った。

「……で、辰之介さん、いまはどちらへ？」

「わからぬ。わからぬが、あの浪人どもと連れだって、出かけておる……おそらく、近場の悪所《あくしょ》にでも行ったのであろう」

この界隈の悪所、つまり［遊べる場所］といえば、湯島か根津《ねづ》か——ことに根津権《ごん》現社《げんしゃ》のかたわら、愛染《あいぞめ》通りから言問《こととい》通りまで南北にのびる八重垣《やえがき》町通りの両側には、妓楼《ぎろう》や茶屋がびっしりと軒をつらねている。

この［根津遊廓《ゆうかく》］はこのころ、吉原にも増して繁盛していた。

かつては、源三郎も入りびたった覚えがある。それほどに愉しいところだ。ただし、銭かねをたんまり持っていれば、の話だが。

「辰之介も、好きで連中とつきおうておるようには見えんのだが……困ったものじゃて」

彦五郎の額の皺が、だいぶまた増えたような気がする。

（何やら、痛ましいことだ）

見かねて、源三郎は眉をひそめた。

これまで彦五郎の話を聞いていて、解《げ》せぬことがいくつかあった。泥酔《でいすい》状態でいたところを介抱されたぐらいで、何で辰之介はそれほどまでに深く浪人どもとつきあわねばならないのか。逆にまた、

（どうして連中は、そんなふうに辰之介につきまとうのか）

との疑念もわく。

（何か、先生は隠しておられる）

少なくとも、まだ自分に話してはいないことがある。

だが、いまの彦五郎の病み疲れた様子を見ていると、源三郎には、問いつめることなどできなかった。

いずれにせよ、いろいろ辛いこともあったとはいえ、懐かしく楽しい思い出もたくさん残る自分の［古巣］が衰退し、崩壊の危機をむかえようとしているのだ。

「……このままでは、当道場も立ちゆかぬ。終わりじゃよ」

そうつぶやく彦五郎の言葉に重ねるようにして、源三郎は言った。

「微力ながら、遠野道場を立てなおすべく、このわたくしめも手伝わせていただきますよ」

「そうしてくれるか」

「はい。まずは一度、辰之介さんに会ってみましょう。すべては、それからです」

「すまぬ。すまぬな、空木……源三郎よ」

頭をさげて、彦五郎は黄ばみ、節くれだった両の手を差しのべ、源三郎の手をつつみこもうとする。

その老いた旧師の眼がうるみ、かすかに光っているのを源三郎は見た。

帰路、先刻とは逆に、源三郎は富坂を下っていこうとしていた。

下りきったところが二ヶ谷《にがや》で、そこからまた道は上り坂になっている。

本郷や湯島、さらには白山《はくさん》方面へと向かう道で、見ようによっては、二ヶ谷を基点として左右に、

［とびが翼をひろげた格好］

にも見える。

それで本郷方面への道を、

［東とび坂］

とよび、いま源三郎が下っている伝通院《でんづういん》や牛天神方面に通じる道を、

［西とび坂］

とよんだ時代もあったらしい。

その旧名・西とび坂こと富坂を下り、二ヶ谷に近づいたあたりで、源三郎は一人の浪人者と行きちがった。

瞬間、彼の頸《くび》すじにピリッと走るものがあった。

男はまさに本郷のほうから下ってきて、こんどは富坂を上っていこうとしている。

そのことじたいは、べつにどうということもない。

うつむき加減でいるので、よくはわからないが、顔いろは青黒く、ほとんど無表情といえる。

それよりも引っかかったのは、男の全身から発せられた、

［異様な気配］

である。

殺気とまでは言えない。少なくとも、源三郎に対するものではなく、近くには他にだれもいないのだから、殺気を放ったところで、その行き場がなかった。

だが、それに近いものだ。ぷーんと鼻を突く酒のにおい……その奥に、

（血のにおいがこもっている）

と感じたのである。

それは、つねに男の身にそなわっているものか。

（あるいは、つい少しまえに男の周辺で何事か、殺傷沙汰でもあったのだろうか）

男自身に傷ついた様子はなく、ふつうに歩いていく。

それだけに、なおのこと源三郎はけげんに思った。

しばらく足をとめてから、源三郎はふいとうしろを振りむいた。

男は、源三郎の実家のある中富坂町をすぎて、坂上に立とうとしていた。

いくぶん遠まわりにはなるが、そちらからでも牛天神、そして遠野道場へ行くことはできる。

（もしや遠野先生の話に出た、辰之介どのにつきまとっておるという浪人者の一人では……）

追ってみようかとも思った。が、とにもかくにも辰之介に会って、

（事情を聞くのが先決だろう）

そう考えなおして、源三郎はまた二ヶ谷に向け、坂道を下りはじめた。

七

源三郎がおけら長屋にもどったのは、もう夕刻であった。

長屋のすすけた木戸の真上に、白くおぼろの月がかかろうとしている。

見あげながら、源三郎はふっと短く吐息をもらした。

（ここまで帰り着いた）

という安堵《あんど》のため息である。

彼がいちばんに落ちつけるのは、小石川の実家ではない。思い出がつまり、懐かし

くはあるけれど、牛天神わきの遠野道場でもなかった。

ここ深川は堀川町のおけら長屋のほかにはない。

わけても、おみつのいる表店の信濃屋だ。

何はなくとも、おみつの元気にはたらく姿を見るだけで、源三郎はこのうえない安らぎをおぼえる。

気が強く、たまに反抗的な物言いをしてくるのも、かえって愉しく、小気味がよかった。

店を切り盛りしている安蔵《やすぞう》とお梅の夫婦も気さくで心やさしいし、二人のつくるそばは絶品。酒も肴《さかな》も、みな美味《うま》い。

木戸をくぐって自分の住まいに向かおうとして、やめ、源三郎はそのまま信濃屋へと足を向けた。

いったん部屋へ帰って、両刀をおき、着替えをすませてから、あらためて出てくるつもりでいたが、信濃屋のほうから煮しめの良いにおいがしてきた。

(今夜は、何の煮しめだろう)

源三郎に食べ物の好き嫌いはないし、どんなものでも、例の、

[とっておきの出し汁]

で煮しめたものに不味《まず》いものはない。

それを思うと、たまらなくなってしまったのだ。

「お酒の支度をしよう」

という兄嫁の松乃の誘いを断わり、男所帯の遠野彦五郎宅では、お茶の一杯も飲んではいない。

それこそは、腹の皮と背の皮がくっつきそうなほどに、ひどい空腹をおぼえたのであった。

入り口の戸をあけて、のれんをくぐり、店にはいると、先客の姿が眼に飛びこんできた。

板場と向かいあう格好で、入り口ぎわからほそ長く延びる飯台《はんだい》のまえに、二人の男女が坐っている。

四角い将棋《しょうぎ》の駒のような顔をした中年男と、目もとと受け口気味の口もとに微妙な色香《いろか》のただよう三十前後の年増《としま》女だ。

「おう、源の字。おれのわきに坐んねぇ」

男は、空いた左隣の席を指さす。

自称戯作者《げさくしゃ》の関亭万馬《せきていまんば》で、向こう隣にいるのが、三味線《しゃみせん》の師匠をしているお香《こう》だった。

源三郎と同じ、おけら長屋の住人で、ここ信濃屋の常連でもある。

おみつや安蔵夫婦ばかりではない。隣人にして飲み仲間である万馬たちも、源三郎にとっては、

［本物の家族］

のごとき存在だった。

じっさい、彼らといっしょに酒をくみかわし、たあいもない世間話をして笑い転げていると、わが家にいるような、くつろいだ気分になれる。

もっとも、万馬の［講釈癖《こうしゃくへき》］は、くつろぎとは縁遠い。

彼の長広舌《ちょうこうぜつ》がはじまると、居あわせた他の者たちと同様、源三郎も閉口し、耳をふさぎたい思いにかられてしまう。

いまも万馬は、隣席のお香を相手に、

「……でな、蒟蒻《こんにゃく》というのは、ながーい歴史をもった喰い物なんだ」

と語りはじめたばかり。お香とは反対側に坐らせた源三郎にも聞かせるようにして、しゃべりつづけた。

「もとはといえば、御仏の教えとともに南蛮から伝わったといわれているが、昔はえれぇ高価なものでな、おれたちのような下々《しもじも》の口にはへぇらねぇ……それというのも、そのころの蒟蒻は生の芋《いも》をすりおろして作ってたから、腐りやすかったのさ」

ところが江戸期にはいってまもなく、水戸藩の中島藤右衛門《とうえもん》なる武士が「蒟蒻の粉」を精製させた。ために、蒟蒻は一般にひろく普及したのである。

「いまはよ、だれでも手に入れられる……だから、調理法も多彩でな、万は無理だが、百通りはある。これを「蒟蒻百珍《ひゃくちん》」というんだがよ、いちばん簡単なのが「隠しがらし」だ。三ツ切りにした蒟蒻のなかへ唐辛子《とうがらし》の粉を入れりゃあいい」

「いりだく」も簡単。薄鍋にごまの油を塗って、平たく切った蒟蒻をじゃっじゃっと焼く。これを大根おろしをくわえた醤油で食す。

しゃれているのが、「井出《いで》の里」――糸づくりにした蒟蒻をよくもんで、ざっと味をつける。これに煮玉子の黄身《きみ》をふりかけて、小鉢に盛ったものだ。

「似たようなのが「花の下」だな。中糸づくりの蒟蒻に薄く味をつけ、鉢に入れて花かつおをかけりゃあ、できる……こいつも、そんなに手間はいらねぇ」

こころもち顔を突きだし、源三郎が万馬の向こうのお香のほうを見ると、やはり、うんざりした顔をして、肩をすくめている。

こんなふうなのに、なぜかお香は、いつも万馬と連れだって飲みにきている。彼女の教える三味線の弟子の一人ではあるのだが、そのためだけでもなさそうだ。

「手軽で滋養《じよう》があって、いろいろに料理できる。蒟蒻ってのは、なかなか重宝《ちようほう》な喰い物さ。そこでよ……」

万馬の講釈がつづく。

「ちょいと先生、待ってくれねぇか」

片手をあげて、源三郎は万馬に話をやめさせた。

「さっきから蒟蒻の講釈をしているようだが……てことは、今夜の煮しめは蒟蒻かい」

「……あったりぃ」

目のまえで声が聞こえて、仕切り板の向こうの板場に、おみつが立っていた。

源三郎の燗酒《かんざけ》好きを知っているから、早くも温めた酒のはいったチロリをはこんできている。仕切りごしに手わたして、

「蒟蒻と竹ノ子の煮しめよ。源さん、ほしい？」

「もちろんさ。竹ノ子……もう、そんな季節なんだなぁ」

旬《しゆん》にはしかし、少々早い。［走り］の時季である。そういうものをいち早く手に入

れて、酒の肴にして出すというのも、信濃屋が人気のある理由の一つだった。

「はい、どうぞ」

手ずから盛った煮しめの皿を差しだしながら、おみつはあらたまったように源三郎の風体を見まわした。

「今日は源さん、二本差しなのね」

「ああ。ちょいと野暮《やぼ》用で出かけたものでね……部屋にもどり、着替えてから来ようと思ったんだが、腹がすいてたまらなかったもんでさ」

ふだんの彼は、丸腰の町人姿で信濃屋に来ることが多い。

「わるかったかね、二本差しで？」

「わるいってことはないけど、その長いのは、ほかのお客さんが通るときの邪魔にはなるわね」

「何を言ってるのよ、おみつちゃん」

と、お香が二人の話に割ってはいった。

「物騒《ぶっそう》な世の中だもの、この店でだって、いつ何が起こるか、わからない。たまにはこうやって、源さんに刀を持ってきてもらっていたほうが安心だわよ」

すでにして、万馬は「蒟蒻談義」をやめている。その万馬が妙にまじめな顔をして、

「それは言えるな。源の字は腕っぷしもたつが、剣のほうはだれにも負けねぇ……達人中の達人だからよ」

うなずいたとき、店の戸があき、

「もう一人の二本差し」

がはいってきた。

こちらはしかし、小銀杏《こいちょう》に髷をゆい、着流しの上に南町奉行の紋のはいった丸羽織をはおっている。

明らかに、八丁堀《はっちょうぼり》の役人——それも、南町奉行配下の定廻《じょうまわ》り同心と知れる風体である。

居あわせたみなが馴染《なじ》みの黒米徹之進《くろごめてつのしん》であった。ことに源三郎とは昵懇《じっこん》で、

「源三郎の正体を知る、数少ない人間の一人」

である。

正体を知っているだけに、応対が微妙であり、源三郎に向かい、

「やはり、こちらにおいでで……」

言いかけたが、その源三郎ににらまれて、張りだした額をさすり、

「どうも、まぁ、会えてよかった」

言葉づかいを変えた。

「黒米の旦那、わたしをおさがしで？」

「いや、源さん一人というよりも、おまえさんたち、みんなをね」

「……何事か起こりましたか」

黒米は顎《あご》をひき寄せて、

「辻斬りさ」

「辻斬り……いつごろ、どこで？」

「今日の七ツ（午後四時）……白山上でのことだ」

「そんな刻限に？」

七ツと言えば、そろそろ夕刻ではあるが、この時季だと、まだ外は明るく、昼間と言ってもいい。

だが白山界隈は大小名や旗本の屋敷が多く、ふだんは人影が少なくて閑散としている。白昼でも、人っ子一人通らないこともあった。

難にあったのは、界隈の武家に奉公している中間《ちゅうげん》や女中相手に雑貨を売り歩く

「ぼて振り」だという。

「行きずり、とでも申そうか、すれちがいざまに刀を抜いたのであろう」

わずかに一振り、袈裟《けさ》がけに斬って頸動脈《けいどうみやく》を断った。

「そいつは、かなりの……」

おもわず源三郎は口にする。瞬間、富坂下で行きちがった浪人者の姿が頭の隅にひらめいた。が、それには気づかず、源三郎の言葉をうけて、黒米はうなずきかえし、

「さよう。できる……かなりの使い手だ」

つぶやくと、一同のかたわらに立ったまま、天井のほうを仰ぎ見た。

店の戸がまた開いて、長屋仲間の六助が姿をみせたのは、ちょうどそのときだった。

一般の町人相手で、夏は風鈴《ふうりん》やうちわ、冬は行火《あんか》にたどんなど、「季節物」をあつかっているのだが、六助もやはり、

「商品を乗せた天秤棒《てんびんぼう》をかつぎ、売り歩く行商」

をなりわいとしている。

それだけに、みなが一瞬、口をつぐみ、いっせいに彼の顔を見つめた。

「あれっ、どうしたんでぇ。あっしの面《つら》に何か、ついてでもいると？」

「いや、そういうことじゃないんだ、六よ」

言って、万馬が、今しがた黒米から聞いた辻斬りの話をしてみせる。

「……そ、そいつはひでぇ。何てこったいっ」

われしらず、六助は叫び声をあげた。

六助もまじえると相当の人数になったので、一同は入れ込みの座敷のほうへ移ることになった。

腰をあげて、そちらへ向かいながら、

「黒米の旦那。ごいっしょに、どうですか」

お香が片目をつぶって誘ったが、

「ありがとよ、お香さん。しかし、今夜は遠慮しておく」

と、黒米は首を横に振った。

「これからまた御番所にもどって、吟味方《ぎんみがた》与力の大井さまらと顔をあわせ、善後策をねらにゃあいかんのさ」

大井勘右衛門《かんえもん》は南町奉行所における筆頭の与力でもあり、源三郎は彼とも親しかった。

いかにも聡明そうな、大井のひろい額を頭に思いうかべながら、

「……今日ばかりじゃ、ねぇですからね」

源三郎は言った。

「そのとおりだ、源さん」

数日まえには、湯島でも辻斬りが出ている。これは夜半近くのことで、夜鷹《よたか》――あたりの辻に立って客引きをしていた街娼が、

「凶刃《きょうじん》の餌食《えじき》」

となったのだ。

「同じ下手人のしわざでしょうか」

「……わからぬ」

関連が不明であった。

襲われた者の性別や立場・職業もちがえば、時刻も異なる。ただ、

「一撃で仕留《しと》める」

という手口が似ており、一方は湯島、かたや白山と、場所が近接している。

「いずれも、ここからはだいぶ遠い。だが、おまえさんたちも気をつけてくれ」

辻斬り事件のつねではあるが、容易に手がかりがつかめない。

こんどの場合はとくに、金品を強奪した形跡がみられず、そのぶん、よけいに犯人の特定が難しかった。姿かたちはおろか、動機も読めない。

「ひょっとしたら、また起こるかもしれないのでな」

と、黒米はそれを伝えにきたのだった。

「まったく、ひでぇ話だ」

六助がまた唸《うな》った。

「ぜひに下手人をあげてくだせぇ……旦那、頼みますよ」

すでに黒米は踵《きびす》を返している。無言のままに彼は、丸羽織のうしろ姿で、

「……承知」

と答えていた。

八

戸口の向こうに黒米の姿が消えると、またしても関亭万馬の講釈がはじまった。彼が記憶しているかぎりの、

「過去に起きた辻斬りの話」

で、場合が場合だけに、これに関してはみな、熱心に聞き入っている。ちょうど客足がとぎれたところでもあり、おみつや安蔵夫婦までが板場から出てきていた。

源三郎も耳には入れ、ときおり相づちを打つなどもしていた。が、一方で彼は、一ツ刻半（三時間）ほどまえの出来事をあらためて思いかえしていた。

牛天神わきの遠野道場で、旧師・彦五郎の住まいに招じ入れられ、話しはじめたのが、ちょうど事件の起きた七ツごろであった。

道場が衰退し、それに養子の辰之介に取りついた、

［浪人仲間の狼藉《ろうぜき》ぶり］

がからんでいると聞かされて、道場の立てなおしに協力することを約し、源三郎は彦五郎宅を出た。

それから元来た道をたどって、富坂を下りきったころに、彼は、

［異様な気配をただよわせた浪人者］

とすれちがったのだ。

（酒気……酒のにおいにまぎれ、溶けこんではいたが、まちがいない。あれはたしかに、血のにおいだ）

武家の奉公人相手のぼて振りが辻斬りにあって、殺されたというのは白山上。富坂からはほど近く、ゆっくり歩いても四半刻（三十分）とかかるまい。

（もしや……）

だが、たとえもし、あの浪人者が白山上での辻斬りの犯人だったとしても、例の辰之介の仲間かどうかはわからない。

じっさい、男は一人きりでいた。そばには辰之介はもとより、連れとおぼしき者たちは、まったくいなかったのである。

ただ、男は富坂を上って、遠野道場のある牛天神の方向へと消えていった。

［それ］と［これ］とが、つながるものなのか、どうか……今のところ、源三郎の第六感でしかない。

なるほど彼の［勘ばたらき］はするどく、これまでにも当たっていることが多かった。

しかしまだ、他人に言える段階ではない。

だいいちに、白山上での辻斬りの一件は、およそ［湯屋守り］の源三郎とは関係のないはずの事柄である。ただ、彼が、時の南町奉行の実弟であり、［個人的な密偵］

ともいうべき立場にあることは、大井もそして黒米も知っている。

だからこそ、黒米は源三郎をさがして、信濃屋に立ちあらわれた。

おけら長屋の一同に、辻斬り事件の発生をつたえ、

「気をつけるよう、警告する」

という格好をとりながら、そのじつ、源三郎に「捜査協力」の依頼・要請にきたのでもあろう。

何にしても、放ってはおけまい。

旧師・遠野彦五郎に言われるまでもなくなってしまった。

(なるべく早いうちに辰之介と会い、彼に取りついているという浪人どもの素姓を洗い、しらべる必要がある)

と、源三郎は思った。

万馬の講釈はつづいている。

その間に源三郎は晩酌を終えて、そばを頼み、二枚たいらげて腹を満たした。

万馬やお香はともかく、彼や六助は早朝から仕事に出かけねばならない。

今日は一日、暇をとって「里帰り」についやしてしまったので、用事がたまってい

「……一足先に帰らせてもらうわ」

言いおいて、源三郎が座敷を降り、戸口に向かいかけたところへ、戸があいて、入れちがいに田所文太夫がはいってきた。

うしろに、ろうそく作りの職人である新平とおちかの夫婦を伴っている。

文太夫の顔を見たとたん、源三郎は彼の次男の章之助との約束を思いだした。

武士の道をあきらめ、

「算勘《さんかん》の才を生かして、商人《あきんど》になる」

その章之助の希望を父親につたえ、勧めることである。

よびとめて、

「息子さんのことで、少々お話がしたい」

源三郎が耳打ちすると、文太夫のほうでも、

「一度ゆるりと、酒でもくみかわしたいと願うておりました」

と応えた。

が、今夜は源三郎はもう引きあげるつもりでいるし、文太夫は文太夫で、新平らと
何やら大事な話がある様子だった。

「それでは、明日の夕刻、それがしのほうが源三郎どののもとへ参りましょう」

「日本橋南のほうへ、お越しくださると？」

亀島《かめじま》町の湯屋組合詰め所を訪ねてくるというのである。

恐縮しながらも、源三郎は文太夫と落ちあう刻限を暮れ六ツ（午後六時）ときめた。

それからあらためて、おみつや安蔵夫婦、長屋の一同のほうに会釈して店を出た。


（おや？）

と、源三郎が足をとめたのは、長屋の木戸をくぐりかけたときだった。

木戸のすぐそばに二本、桜の巨木がならんでいる。

すでに蕾《つぼみ》をふくらませてはいるが、まだ固い。その桜の木の下に数人、また斜向《はす》かいの天水桶《てんすいおけ》の陰にも何人か、怪しげな男たちがひそんでいる。

ついさっきまで、湯島や白山上で起こった［辻斬り事件］の話をしていたばかりである。

おもわず長刀の柄《つか》に手をやり、鯉口《こいぐち》を切ったが、桜樹の下にいるのは浪人たちではない。紋付き袴をまとった侍で、どこかの藩の藩士のようである。

何やら泥くさい感じもあり、

（……田舎侍か）

と思ったが、いずれ、この長屋の様子をさぐっていることは疑いない。

しかし、であった。

着流しとはいえ、両刀をおびた源三郎が立ちどまり、不審の眼を向けたせいだろう。一人去り、二人去りして、たちまちのうちに全員が夜の闇に消えた。

「わからぬ。いったい、何者か……」

ひとりごちて、首をかしげながら、源三郎は木戸を抜け、おのれの住まいへと向かった。

第二章　文太夫《ぶんだゆう》の過去

一

翌日の暮れ六ツ（午後六時）。――

約束どおり、田所《たどころ》文太夫は、日本橋南・亀島町にある湯屋組合の詰め所に源三郎を訪ねてきた。

事務方にその旨を告げられ、源三郎は両刀を腰に差すと、外に出た。今日も着流しに片ばさみの浪人姿でいる。

相似た風体《ふうてい》でいる文太夫を眼にとめると、会釈して、

「わざわざ、ご足労《そくろう》いただきまして……」

頭をさげた。

「いや、なに。たいした手間でもありませぬ」

応えて、笑いかけはしたものの、頬骨《ほほぼね》をふるわせただけで、文太夫は左右に眼を走らせた。

何となく、落ちつかぬ様子でいる。

それと見て、源三郎は昨夜、信濃屋を出て長屋の住まいにもどろうとしたときのことを思いだした。

木戸近くの桜樹の下や天水桶《てんすいおけ》の陰に隠れていた、数人の男たち。

源三郎は、

［どこかの藩の田舎侍］

と見たが、彼らは明らかに、おけら長屋周辺の様子をさぐっていた。

ともあれ、源三郎は文太夫を誘って、亀島橋を渡り、霊岸島は東湊《みなと》町のはずれにある料理屋［井筒《いづつ》］へと向かった。

地区の湯屋組合がひいきにしている店で、しばしば源三郎も利用している。今夜の予約も、詰め所の小者を走らせて、昼のうちに取ってあった。

玄関口に立つと、

「……お待ちしておりました」

なじみの仲居《なかい》が一礼し、さっそく二階の座敷へと案内する。

「いつもの桃の間を頼む」

「承知しております」

階段を上ると、そのさきの廊下にそい、襖《ふすま》で仕切られた部屋がいくつかならんでいる。が、さきに立った仲居のお福はそちらへは行かず、欄干《らんかん》わきの手狭な通路をもどる格好で少し進んだ。

そこに一室、それこそ「離れ」のようにして客間が用意されている。まわりは納戸《なんど》や物置きになっており、そちらとの仕切りは薄板一枚だが、他の客室からは何の物音も聞こえなければ、ここでの話し声が向こうにとどくこともない。

言ってみれば、

「隠れ座敷」

であった。

お福が去ると、座卓をはさみ、文太夫と向かいあって坐りながら、

「この桃の間は、うちの湯屋組合がよく使わせてもらっているんです」

源三郎は言った。

「べつに密談というほどのことでもないのですが、あまり他人に聞かれたくない話を

するときにね」

じっさい、湯屋同士のもめごととか、何かちょっと面倒な問題が起きたおりなどに話しあうには便利な場所なのである。

その代わり、明かり取りの天窓があるだけで、出入り口のほかは三方を白い壁にかこまれ、飾りなど何もない。

いかにも殺風景《さっぷうけい》な座敷であった。

うなずいて、文太夫は、ひとわたり部屋のなかを見まわす。さらには、聞き耳を立てるような素振りをもしてみせてから言った。

「これは、源三郎どの……お気づかい、かたじけない」

そんな文太夫の反応に、

（やはり、何かある）

と、源三郎は思った。

「田所どの、昨夜あれから、長屋の近辺で妙な男たちを見かけましてね。いずれも紋付き袴姿で、どこぞの藩のれっきとした侍のようでしたが」

「…………」

「不審に思って、わたしが刀の柄《つか》に手をかけ、にらんでおりましたら、いずこへか消え失せてしまいました」

「……なるほど」

唸《うな》るようにつぶやき、胸のまえで腕を組むと、しばらく文太夫はうつむいて、何やら考えはじめた。が、やがて、顔をあげると、

「その連中は、それがしを追っているのです。あわよくば、この生命《いのち》を奪おうと、ねらってもいる……」

「そいつは、田所どの。只事《ただごと》ではありませんな」

文太夫はあいまいに首を揺すってから、あらたまったように源三郎の顔を見すえて、言った。

「つつみ隠さずに、すべてをお話しいたしましょう」

田所文太夫はもと下野《しもつけ》国藤浦《ふじうら》藩の藩士であった。

わずか二万七千石の小藩ながら、田所家は父祖代々その藤浦藩・牧田《まきた》家に仕え、百二十俵二人扶持《ぶち》の禄を食《は》んで、勘定方の職についていた。

下野といえば、宇都宮の北に徳川初代将軍・家康の霊廟《れいびょう》たる日光山東照宮《とうしょうぐう》がある。

江戸期における［四街道］とは東海道に中山道《なかせんどう》（東山道）、甲州街道、そして奥州《おうしゅう》街道をいい、いずれも、

［お江戸・日本橋］

を起点としているが、これにつぐ、

［五つ目の街道］

が、日光街道なのである。

もっとも、この街道は［日光道中］ともいわれ、千住《せんじゅ》、草加《そうか》、粕壁《かすかべ》、栗橋、古河《こが》、小山《おやま》などをへて宇都宮までのあいだは奥州街道と同一で、宇都宮からさき、日光までをいう。

途中、徳次郎《とくじろ》、大沢、今市《いまいち》、鉢石など、二十余宿があって、全行程は三十六里十一町（約百四十四キロ）。

藤浦藩はその間にあり、上・中・下の三宿をもつ徳次郎、大沢の両宿を有している。

なにぶんにも、

［東照神君《しんくん》（大権現）を奉じる廟堂《びょうどう》への道すじ］

だけに、歴代藩主ならびに家臣たちの気苦労は絶えない。

文太夫が在藩していたころにも、［一大事］が出来《しゅったい》した。

それは、これより七、八年もまえのことである。

将軍家はもとより諸侯こぞって参詣するために、街道ぞいの道路や河川はどこも、傷みや破損がいちじるしい。

そこで、幕府は街道整備の一環として、当時の藤浦藩藩主・牧田備前守葦史《びぜんのかみよしふみ》に、

「領内の街道すじを補修せよ」

との命令をくだした。

道普請《ぶしん》を仰《おお》せつけられたのであるが、事は将軍家の［無事な往還］にかかわることでもあり、さほどに容易な話ではない。

［藩をあげての一大事業］

となった。

ある部分では、森林や原野を切りひらき、道幅をひろげる。

また湿地やぬかるんだ箇所には土砂を撒《ま》き、ひらたく均《なら》さなければならない。

さいわいと言おうか、領内には大きな河川はなく、したがって大橋の補強の必要はなかった。が、小さな橋は道中のそこかしこにあり、老朽化の度合いによっては、新たな架橋《かきよう》をもよぎなくされる。

橋板や橋げた、欄干などの一々を新調しなければならなかった。

この大工事の現場を直接に管轄し、担当するのは作事《さくじ》奉行であり、配下の作事方である。

しかし田所文太夫の所属していた勘定方も、無縁ではない。それどころか、全体の予算や決算を計上し、さらには、

「経費の細目までも検討する」

という大切な役割を課されていた。

普請に要する資材の購入から、荷駄《にだ》の運搬費、人足などに支払う賃金にいたるまで、金銭にかかわる事柄はすべて、勘定方にゆだねられるのだ。

その勘定方を差配《さはい》するのは、当然のことに、勘定奉行である。

いずれの藩でも勘定奉行の力は強い。

わけても藤浦藩の勘定奉行・奥山大蔵《たいぞう》はそのころ、藩の財政を一手にぎゅうじっていたほか、あらゆる政務・政策に目を光らせていた。

もとが藩主の一族で、歴代、家老や側用人《そばようにん》などの重職につき、彼自身が、

「つぎの城代家老」

と目《もく》されていたのだった。

こんどの事業に関しても、中心になったのは、この奥山で、作事奉行の森本一兵衛《いちべえ》をはじめ、他の関係者はすべて彼の言いなりに動いていた。

文太夫もまた、当初は奥山大蔵の指図どおりに、立ちはたらいていたのである。

勘定方には、ほかにもなすべき仕事は多い。

たとえば、領民からの年貢《ねんぐ》や、有力商人から取りたてたご用金の管理と運営。番方《ばんかた》や納戸方、郡方《こおり》など、各部署との予算の折衝《せっしょう》。本城ならびに江戸屋敷の運営に要する経費の捻出、といったものである。

そうした役目にも人員をさかねばならぬから、

「街道補修に関する会計役」

は、何人かの少数精鋭にしぼられることになり、人選には奉行の奥山みずからが当たった。

着工にさいし、奥山はそれらの面々を御用所にあつめて、こう告げた。

「こたびの道普請で、われらの果たすお役目は、まことに重要なものとなる」

そのうえで、最前列にいた文太夫に向かい、

「田所よ。ことにわしは、そちの腕に期待しておる」

と、みなのまえで褒《ほ》めたたえたのだ。

「かねてより、そちは文武の両道に秀《ひい》でておったが、ここは一つ算勘《さんかん》の才を生かして、おおいにはたらいてもらうぞ」

この功績がみとめられ、晴れて自分が城代家老になったあかつきには、順送りのかたちで文太夫らをも出世させる。文太夫には、

「勘定組頭《くみがしら》となる可能性すらある」

とまで言いきってみせたのだった。

二

「事がそのままですんでおれば、それがしはいま、この場にはおりませんでしたろうよ」

「井筒」の桃の間には、頼んでおいた酒肴《しゅこう》がすでに、はこばれてきていた。が、源三郎がぐい呑みについだ酒をちびりちびりと飲むほかは、ほとんど手をつけようとはせずに、田所文太夫は話をつづけた。——けだし。

文太夫が奥山大蔵に言われるがままに、藩の大事業の会計役を無事つとめあげていれば、その後押しを得、取りたてられて、藤浦藩の勘定組頭におさまっていたかもしれなかった。

ところが、であった。

根が正直者で、まじめ一徹の文太夫は、

［とある不可解な事実］

に気づき、見逃がすことができなくなってしまったのである。

藩内の諸役は、正式には藩の人事をつかさどる仕置《しおき》方を介して任ぜられる。道普請にかかわる役務も、同じであった。

その正規の任命がすむと、文太夫は他の同役とともに、来る日も来る日も勘定方の御用所にこもり、

［道普請に関する収支の帳付け］

にいそしむようになった。

一方、勘定奉行の奥山はといえば、めったに城の御用所などにいたことがない。日ごと夜ごとに人と会い、協議や談合、打ちあわせを重ねていたのだ。

それは、ときに作事奉行の森本など、他の部署の関係者をあつめてのものであり、

ときには家老や側用人ら上司すじをまねいての［接待］のかたちとなったが、いずれ、

［酒色を供する宴席］

であることにちがいはなかった。

資材の購入や人足手配の相談などで、業者と会い、酒宴をもよおす場合には、だいたい先方負担となる。

土建商の越前屋《えちぜん》、材木商のまるき、口入れ屋の喜八郎《きはちろう》といった面々だが、金銭の動きは繁《しげ》くなるとはいえ、そういう宴会に関しては、

「お奉行もまぁ、よくお飲みになることよ」

「おからだを壊されなければ、よろしいが……」

などと、同僚とともに笑いとばしてしまえなくもない。

文太夫が、

（これは、放置してはおけない）

と思いはじめたのは、会計面での実態と帳付けのずれに気づいてからだった。

つまるところ、普請の現場でじっさいにかかった額と、業者からの請求額――これに応じた支払い額とのあいだに、大きな差があるのだ。

橋の修復を例にとってみても、それは言える。

（小橋の一つや二つ、こしらえるには多すぎやしないか）

そう思い、現実に文太夫が普請場まで足をはこんでみると、そこには、計上されているだけの木材がない。

湿地や水たまりを埋めるための土砂にしても、いっしょだった。いずれも、「実在しない資材」を発注・調達しているのである。

人足の数などについても同様で、よぶんな人件費が支払われている。

発注者たる奥山側と越前屋、まるき、喜八郎らの受注者のあいだで、「不正な取引き」がおこなわれているのは、火を見るよりも明らかだった。

ある日、文太夫は、親しくしていた同僚の横瀬多一郎《たいちろう》に事情を問うてみた。

「なんじゃ、田所。おぬし、さようなことも知らずに、お奉行のもとではたらいてきたのか」

と、彼は逆に訊《き》きかえされてしまった。

が、このとき、横瀬は、

（どうせ、われらは同じ穴のむじな……）

とでも思ったのだろう。すべてを文太夫に話してきかせた。

それによると、奥山は家柄からしても実力からしても、

「つぎの城代家老には打ってつけ」

なのだが、藩内には反対する者もいなくはない。

そこで奥山は、おのれの家老職就任を盤石《ばんじやく》なものとすべく、隠退間近の城代家老をはじめ、江戸詰めの家老、留守居《るすい》役、側用人、そして人事担当の仕置役などに対する「根まわし」をすることにした。

「早い話が、黄白《こうはく》をばらまいておるのよ」

黄白――大判小判である。

すなわち奥山は、日光街道すじの修復という藩の一大事業を利して、不正な金を着服し、

「藩の有力者への賄賂《まいない》」

に当てていたのだった。

横瀬の口から、はっきりそうと聞かされて、文太夫は迷った。

望むと望まざるとにかかわらず、彼は、

「奥山大蔵の一派」に組み入れられてしまっている。

そう見なしていればこそ、横瀬も事の全容を彼に明かしたのにちがいなかった。

（毒を喰らわば皿まで、という……このまま黙って、おとなしくご奉行にしたがっているべきだろうか）

だが、ゆるせない。ただの義憤《ぎふん》ばかりではなかった。

「事はお家や、家中の者のみに係わっているのではないのだ」

その夜、文太夫は妻の八重《やえ》に自分の苦衷《くちゅう》を告げて、どうすればいいかを相談した。

「本当は、いちばんに困るのは領内の民びとたちではないか」

文太夫が見たとおり、普請現場には調達したはずの資材がない。それらの木材や土砂は、すべて業者の蔵に隠されていることも、彼は知らされた。

「……となれば、品不足になり、物の値段があがることにつながる」

また口入れ屋の喜八郎などは、人足の給金をごまかして、おのれの懐中《かいちゅう》におさめているという。

それより何より、藩の事業の経費の増大、それによる赤字分は、

「百姓たちの年貢や、商人《あきんど》らに課す御用金で穴埋めせねばならぬ」

「ひどい話ですね」

「ひどい話じゃ」

眉《まゆ》をひそめて、八重は言った。

「ここはあなた、お目付《めつけ》に訴えてでるしかないでしょう」

「八重、そなたもそう思うか」

八重は黙って、うなずいた。やつれた頰が、かすかにふるえている。

このころからすでに、八重は病みがちで、激しく咳きこんだり、発熱して寝こんだりしていた。

道之助と章之助の兄弟は、まだ六歳と三歳で、あまりにも幼い。それなのに、

（もしや一家して、路頭に迷う目にあうのでは……）

そんな予感も、文太夫の胸にはきざしていた。

だが藩の目付とは、身分の上下に左右されず、

「藩士を取り締まるのが役目」

であり、この職には、なべて一徹者が振りあてられ、奥山の触手がおよばずにいる者も多い。

なかで、文太夫は羽田篤之進《はだあつのしん》という五十年配の老目付をえらび、さっそく明日にで

も会いに行くことにした。

「それで駄目ならば、藩公に直訴《じきそ》するしかあるまい」

告げて、文太夫はがっしりとした体軀《たいく》を揺らし、声に出して笑ってみせた。

しかし、その声はなぜか、自分でも哀れに思われるほどに力なく、かぼそいものでしかなかった。

文太夫の悪《あ》しき予感はあたることとなった。

文太夫は、いきなり目付方の御用所におもむくのをやめて、まずは単身ひそかに羽田の私邸をおとずれ、打診のような格好で話をすることにした。

結果的には、それがいけなかった。

羽田は、みずからは謹厳《きんげん》実直を絵に描いたような男だが、跡とりと見こんだ娘婿《むこ》が金銭にだらしなく、例の越前屋に多額の借金を負っていた。

越前屋の背後には、勘定奉行の奥山大蔵がいる。むろんのことに、羽田はその事実を知っていて、文太夫が自邸を去ると、すぐさま奥山のもとへ使いを走らせた。

文太夫が城からの帰路、三人の刺客《しかく》に襲われたのは、その夜のことである。

一人は、彼に、

［奥山の不正にまつわる顛末］を洗いざらい語ってきかせた横瀬多一郎だった。ほかでもない奥山がそれとみとめたように、文太夫は算勘の才以上に剣の腕がたつ。またたく間に横瀬をはじめ、三人を仕留《しと》めると、即刻帰宅して、八重に事情をつたえた。

「理由がどうあろうと、家中の者を三人も斬殺したとあっては、無事ではすまぬ……少なくとも、縄目《なわめ》はうけようし、詮議《せんぎ》にかけられることになろう」

藩内随一の堅物で知られる目付の羽田篤之進までもが、奥山に籠絡《ろうらく》されている。そうとなれば、どう考えても、詮議は文太夫に不利。

切腹はおろか、斬首に処せられる可能性すらあった。

「ここは逃がれるしかあるまい。すまぬが、八重、すぐに支度をしてくれぃ」

かくして文太夫は、妻子とともに出奔《しゅっぽん》して江戸入りした。

追っ手から身を隠すべく、町人たちの住まう貧乏長屋を転々としながら、浪々の日々を送ることになったのだった。

三

少しまえに［井筒］の女将《おかみ》が板前を伴って、顧客の源三郎のもとに顔を出し、［挨拶がわりの料理］をおいていった。

浅春の江戸湾でとれた真鯛《まだい》の塩蒸しである。

鯛の内臓だけを捨てて、そのかたちのままに卵白《らんぱく》をまぜた塩でかためたものだ。ほんらいは長崎の料理で、［塩釜《しおがま》］という。

見た目には、［鯛の姿をした塩のかたまり］と映る。それを蒸し焼きにして、食べるときには箸《はし》でまわりの塩を削《そ》ぎ落としてから身をつつく。

簡単そうではあるが、卵白の加減など、塩をかためるのには相応の技術が要《い》る。

それにこの時代、砂糖と同様、塩もまた貴重であり、大量の塩を使うだけに、たいそう贅沢《ぜいたく》な料理と言える。

「なかなか豪勢なもんだ……味もいけるはずですよ」

言って、源三郎が勧めると、ちょっと箸の先でつついて、口に入れ、

「ふむ。美味《うま》い」

つぶやいてから、

「妻の八重には、本当に苦労をかけました」

文太夫は小さく唇を噛《か》みしめた。こころなしか、眼の端をうるませている。

「肺を病んだ身には、滋養《じよう》がなにより必要であったのに、ろくなものも食べさせてあげられずじまいで……」

いま自分が口にした真鯛を、

（八重にも味わわせてあげたかった）

と思ったのである。

八重は、田所家より家格の高い藤浦藩の納戸組頭の次女で、「深窓《しんそう》の令嬢」として何不自由なく育った。

生まれつき蒲柳《ほりゅう》の質《たち》ではあった。が、あのようなかたちで郷里を離れ、江戸市中に隠れ住み、

「明日をも知れぬ暮らし」

を送ったりしなければ、いま少し長く生きられたはずであった。

その八重が寝たきりになったすえに、亡くなったこともある。

が、文太夫が日本橋の富沢町から今の深川・堀川町の長屋へと住まいを替えざるを得なかったのには、ほかにも理由があった。

「かつて、それがしどもが江戸表へ逃がれ、神田や日本橋界隈の裏店《うらだな》を転々としていたころには、追っ手がしきりと出没したものでした」

「藩の勘定奉行の奥山とやらが放った刺客ですね」

「はい。あまりに大騒ぎして、すべての目付方を巻きこんだのでは、悪事が露呈しかねない……それで秘密裏《り》に、おのれの手の者を送りこんできたのです」

どのようにして抑えこんだものか、田所文太夫によって三人もの藩士が殺害されたというのに、藤浦藩の正規の捕り方が探索するような気配はなかった。

「不幸中の幸い、とでも申しましょうか」

と、文太夫は言葉をついだ。

「おかげで、それがしとしては公《おおや》けに罪びと扱いされることはなく、ときおり身辺にあらわれる刺客どもの目をはぐらかすか、撃退するかさえすればよかった」

それほどの腕前というわけだが、そのうちに奥山のほうではあきらめたと見えて、

「沙汰やみ」となった。放っておいても、文太夫が国もとにもどったり、公儀《こうぎ》に訴えてでたりはせぬ、と踏んだのでもあろう。

「藩公の備前守さまに直訴するという手も、たしかにありましたがね。とにかく、こちらは逃亡中の身でもあり、それは口で言うほど容易なことではない」

勘定奉行の奥山大蔵をそこまでのさばらせてしまったくらいで、無能とまでは言わずとも、牧田備前守が凡庸《ぼんよう》な藩主だったこともある。

「……それが、昨年末に備前守さまが隠居なさり、ご嫡男《ちやくなん》の牧田葦成《よしなり》さまが家督をおつぎになることとなった」

正式にはこの年頭に雅楽頭《うたのかみ》なる官位を得て、藤浦藩の藩主の座についた。

「なるほど、見えてきましたな」

さきまわりして、源三郎が言う。

「おそらくは、その雅楽頭さまが賢いお方で、みずから率先して国もとの政務をとろうとされた、というのでは……」

「おっしゃるとおり。疲弊《ひへい》する一方の藩財政を立てなおし、綱紀《こうき》の粛正《しゆくせい》に乗りだされたのです」

藤浦藩の改革のためには、

「旧悪をあばき、これを罰することも辞さず」

との挙に出たのである。

そしてその新藩主の命により、藩の目付たちがあらためて過去の不正や悪事、汚職をしらべはじめたのだ。

奥山は狙いどおりに城代家老となっていたが、

「とかく悪しき風聞」

が流れており、真っ先に調査・探索の対象となった。

「そうなると、田所さん。奥山にとっては、あなたの存在がまたぞろ厄介なものとなる……と、まぁ、こういうことですね」

「はい。ふたたび怪しげな者たちが、それがしの身辺につきまとうようになった」

「……ゆうべ、わたしが見かけた侍たちも、その連中というわけで？」

黙って顎《あご》をひき寄せると、文太夫は源三郎が新たについだ酒をいっきにあおった。

田所文太夫が自分の素姓や過去を明かしたのは、一つに、

（おのれのもとへ送りこまれた刺客らの姿は早晩、源三郎ら長屋の住人の目にとま

る）

　と思ったがためであった。

（巻き添えを喰ったり、とばっちりをうけるなぞして、迷惑がおよぶのではないか）

　との懸念もまた、あった。

　もう一つ、二人の子どものことがある。

　以前は妻への危害が案じられたが、その八重は重い病いを得て、この世を去った。

　残された息子たちは、まだ若い。

　長男の道之助はすでに十六歳に達し、相応に剣の腕もみがいたが、いまは医家の道に進んでしまっている。

　二男の章之助はといえば、それこそは、

「不肖《ふしょう》の息子」

　で、大の剣術嫌いときている。

「正直申せば、せがれどもの身が心配でならぬのです」

　と告げて、文太夫は眉根を曇らせた。

「生計《たつき》のことがあるゆえ、それがしがつねにそばにいて、守ってやるわけにもいきませぬのでな」

「大丈夫ですよ、田所さん」

と、源三郎は首を揺すり、小さく笑ってみせた。

「いざとなれば、お子さんたちも強い。いや、剣だけが敵に勝つみちではないですからね、おたくの息子さんたちは頭を使って、連中を撃退できるはずです」

「そうでしょうか」

「そうですよ。それに、およばずながら、わたしだっているじゃあないですか」

自分は［湯屋守《も》り］であるだけではなく、

「おけら長屋の用心棒でもあるのです」

と、源三郎は言った。

「手前《てめえ》の住まう長屋の住人も守れぬようでは、とうてい世のため人のために尽くすなんてことはできやしませんよ」

「……ふーむ」

唸り声をもらし、感心したような顔で文太夫は源三郎に見入った。

「長屋のみんなは、源さんだとか、源の字だとか気さくによんでおりますが、本当のところは、どうなんでしょう」

源三郎を一目見たときから、

（只者ではない）

と感じていたという。

「しかたありませんね」

源三郎は応えた。

「田所さんも、ご自分の過去を正直に話してくだすったんだ。こんどは、わたくしの番というわけです」

ただし、他の住人たちには内密に、と釘を刺しておいてから、源三郎はおのれの身の上をあまさずに語ってきかせた。

聞き終えて、

「やはり、そうですか。お旗本の若さまでしたか」

納得顔でいる文太夫に、源三郎は苦笑してみせる。

「なに、ただの部屋住みの三男坊……一家の厄介者ですよ」

それは事実だが、実兄たる時の南町奉行・筒見《つつみ》和泉守政則《いずみのかみまさのり》を、

「陰ながら補佐していること」

も嘘ではない。

「最前の田所さんのお話では、あなたが浪々の身となったのも、いまなお刺客に追わ

れていることも、もとはといえば日光街道の修復……道普請がからんでいる」

かつて文太夫が仕えていた藤浦藩・牧田家に対する幕命に、事は発しているのだ。

「となれば、当然、幕府にも係わりがあり、ご公儀のほうでも調べを進めている可能性があります」

兄・総一郎を介して、そのすじに問いあわせ、

「知り得たことを、おいおい田所さんにもお伝えしましょう」

と、源三郎は約束した。

四

「ところで、田所さん。昨日も申しあげたように、わたしのほうにもお話があるんですよ」

ふいと思いだしたように、源三郎は言った。

「章之助くんのことですがね」

「……章之助のこと？」

うなずいて、源三郎は、

「わたしはね、章之助くんはもう、啓明館《けいめいかん》に通うのは無理なのではないかと思うのですよ」

単刀直入に切りだした。啓明館とは上州の篠山《しのやま》藩が日本橋濱町《はまちょう》の中屋敷に設けた藩校（家塾）で、学問所と剣道場が併設されていた。

「章之助が源三郎どのに、そう申しておったのですか」

「いえ、啓明館じたいが嫌というのでもないようなんです」

むしろ儒学や国学、歴史などの学問には興味をもち、ことに算勘は得意のようである。

「算勘が？……そこだけが、それがしに似たようですな。さきにも申したとおり、剣術のほうは、からきしなのですが」

「そのことですよ、気がかりなのは」

剣術の稽古を厭《いと》い、なまけることで、他の生徒たちから嘲笑《ちょうしょう》され、ときには「私刑」のようにして苛《いじ》められている……いつぞやのことを思いだし、源三郎は口にしかけたが、やめて、ただこう言った。

「剣技に通じた田所さんならむろん、ご承知でしょうが、剣の稽古は無理にやらせても、けっして伸びません」

「そのとおりですな」

「無理がこうじて、何もかもが嫌になる危険性すらもありますよ」

手にしたぐい呑みを座卓の上におくと、しばらく文太夫は眼を伏せて、物思いにふけっていた。が、やがて、

「それがしのことは、どうでもよい」

ぼそりとつぶやいた。

「……じつを申せば、とうに仕官なぞ、あきらめております」

妻の八重が亡くなったときすでに、その気を失ったという。

いずこの大名、旗本にも仕えるつもりはない。また、たとえ郷里の下野・藤浦藩で、新藩主の改革の一環として奥山の旧悪があばかれ、結果、おのれが再帰をうながされたとしても、

「元の鞘《さや》におさまろうとは思いませぬ」

と、文太夫。

江戸の裏店での浪人暮らしをつづける覚悟でいるが、

「ただ、それがしとて、どこにでもいる愚かな父親……息子たちの行く末だけは、何とか立ちゆけるようにしてやりたい、と願うておるのです」

「そのお気持ちはわかります」

　と、源三郎は文太夫の顔を見つめかえした。

「しかし、主を得て仕官することだけが幸せとは限らない……もしや、そうなったとしても、この世の仕組みは甘くはござらぬ。うしろ盾《だて》も手づるもない武家にとって、出世の道は遠いですぞ」

　源三郎の頭には、実家たる空木《うつき》家の当主となった次兄・浩二郎の幼い息子の姿がうかんでいた。

（まだ海のものとも山のものともつかぬ、あの吉太郎の将来は約束されているのに、章之助の歩もうとしている道は、あまりに厳しい）

　相応の身分の旗本の家に生まれながら、

「部屋住みという厄介者の悲哀」

　を味わわされてきた自分の境涯《きょうがい》への思いもまた、源三郎にはあった。

「田所どの、ご長男の道之助くんには、医家の道に進むことをゆるされたではありませんか」

「そ、それは……」

　と、文太夫は、いくぶん狼狽《ろうばい》の表情をうかべる。

かまわずに、源三郎はつづけた。

「章之助くんのことも、もそっと寛容に考えてあげても、よろしいのではないでしょうか」

「啓明館をやめてもよい、と？」

「そればかりではありません。剣の技なぞ身につけずともよい方向へと進む……人並みすぐれた算勘の才を生かしめてやるのです」

「武家にすることをあきらめ、商人にせよ、と申されるか」

源三郎はゆっくりと顎をひき寄せた。

「算勘のみではない、頭の冴えや他人への細やかな気づかいなぞ、章之助くんはまこと商いに向いていると思われます」

「………………」

「きっと、いつかは大商人になれますぞ」

世の中はどんどん貨幣経済が浸透してきている。おかげで莫大な借金を負うなどして、商人に頭のあがらない侍があまた出るようになった。

「士農工商」

などとは言っても、実質はまったく反対で、じつは商人が天下をぎゅうじる時勢になってきているのだ。

「わたくし自身、一度は侍の身分なぞ捨てようと思いました」

いや、いまもなかばは捨てている、と源三郎は言った。かたわらにおいた小刀をちょっとひき寄せて、

「まぁ、わたしの場合は、これへの未練を断ち切れぬがために、武家でいるのですがね」

「章之助はちがう、と？」

「さよう。どうでしょう、田所さん。少なくとも、章之助くんがどのような道に進むことを望んでいるか……あらためて聞いてみてやってはくれませんか」

「わかりました」

文太夫は大きくうなずきかえした。

「……いずれ、ゆっくり章之助と話しあってみましょう」

一ツ刻（二時間）あまりの時がたち、そろそろ［井筒］を引きあげ、

「河岸《かし》を変えて飲もう」

ということになった。

「そのまえに、ちょいとわたしは厠《かわや》へ行ってきます」

言いおいて、源三郎は一人、部屋を出た。

階段を降りて、そのまま廊下をまっすぐに進めば、調理場。その手前を左手にまがったさきに、客用の厠はある。

行きかけて、わきに石の盥《たらい》のおかれた手水場《ちょうずば》のあたりで、源三郎は、これも自分と同様、着流しで浪人風の男と行きあった。

すれちがい、ちょっと進んでから、

「ふむ?……待てよ」

と思い、ふりかえった。

年のころは三十なかばか、さかやきこそは剃《そ》り残されていたが、痩《や》せてすっきりとした顔立ちで、衣服も地味ながらきちんとしていた。いくらかくぼんだ眼のわきに、ぽつんと一点、真っ黒なほくろがある。

それだけではしかし、どうということもない。

ごくかすかだが、昨日、牛天神わきの遠野道場を出ての帰り、富坂下で行きちがった男と同じにおい——つまりは、

「血のにおい」

がしたのである。

（……気のせいか）

かまわずに進みかけたが、何となく引っかかり、ふたたび踵《きびす》を返して、元の廊下にもどった。

男の姿はない。二階の座敷へ向かったのだろう。

その場にたたずみ、源三郎は小首をかしげた。ちょうどそこへ、最初に彼らの案内に立った、なじみの仲居のお福が通りかかった。

階上から、使用ずみの皿や碗《わん》をはこんできたところであった。

「おう、お福さん」

よびとめて、訊《たず》ねた。

「いま、そこの階段のあたりで、浪人者の客と行きちがわなかったかい？」

「はい。菊の間のお客さんですが……」

自分の担当で、いまもその部屋を出てきた、とお福は告げ、

「何か？」

「いや、どこかで会ったような気がしたものだから」

とっさに出まかせを言い、

「初めての客かい？」

「いえ、ここへ来て、ちょくちょくと……」

「連れは？」

「お一人、いらっしゃいます。何やら恰幅《かっぷく》のよろしいお武家さまで……」

「ほう。どこぞのご家中の方かな」

「……のようです。上野《こうずけ》だか下野だかの小さな大名家のお留守居役らしゅうございますが」

「下野？」

訊きかえして、またぞろ源三郎は首を捻った。

偶然ではあろうが、田所文太夫がかつて仕えていたという藤浦藩も、下野国の小藩である。

気にはかかったが、お福も直接、相手から聞いたのではなく、二人の客の会話をたまさか耳にしただけらしい。

「さきほどのご浪人さんが、仕官の口をさがしておいでのようで……」

「その相談をしていたというわけか」

それ以上のことは不明で、客たちの名前も、きちんとした素姓などもわからない、とお福は言った。どうやら源三郎のように予約して来るのではなく、空いた座敷があれば上がる［飛び込み］の客のようだ。

「……なるほどな」

うなずいて、源三郎は懐中に手を入れ、巾着《きんちゃく》を取りだすと、

「わたしらは、ちょうど帰るところだ。世話になったな、お福さん」

と、二朱金を彼女の手に握らせた。

［井筒］での飲み喰いの支払いは後日、湯屋組合のほうで何回か分をまとめてすることになっている。

この種の飲み代は源三郎の給金から差し引かれるが、［腕きき］と評判の源三郎はたっぷりと貰っているので、何の問題もない。

ここで、お福に渡したのは［心付け］のつもりであるが、いつもよりかなり多い。

が、そこはお福のほうでも了解している。

源三郎は井筒の顧客たる湯屋組合の委託をうけた湯屋守りではあるが、ただの用心棒とはちがう。お上《かみ》の御用をもつとめる、

［影の町方役人］

のようなものなのである。

それかあらぬか、お福は小さく笑うと、自分のほうから、こう申しでた。

「菊の間のお客さん方、まだしばらくおられるようですから、いま少し、聞けたら聞いておきますよ」

そして、このつぎ源三郎が来たとき、教えてくれるという。

「そうしてくれると、ありがたい……」

源三郎も笑顔で応えると、あらためて左手の厠へ向かった。

五

井筒をあとにすると、源三郎と文太夫の二人は松平越前守《えちぜんのかみ》の屋敷をかこんだなまこ塀にそって歩き、長崎町、白銀《しろがね》町と通って、二ノ橋を渡り、大川端へ出た。

そのまま北へ、ほんの少し進めば豊海《とよみ》の小橋、そして永代《えいたい》橋の西詰のたもとに着く。

あたりは闇の一刷毛《はけ》に塗りつぶされ、人通りはない。

春はまだ浅く、夜ともなれば、江戸湾から吹きわたってくる隅田の川風も冷たい。人気がないのは、そのせいもあるのだろう。

井筒の座敷ではしかし、差しつ差されつ、二人して一升近くも飲んだろうか。どちらも酒には強いが、それなりに酔っていた。

頰がほてり、冷気をおびた風がむしろ心地よい。

芽がふきそめたばかりの柳の木が数本、立ちならんでいる。

手前でふいと足をとめると、源三郎は隣の文太夫のほうに首をめぐらせて、言った。

「……そういえば、まだ聞いておりませんでしたが、田所さんは何流でしたか」

剣の流派のことである。それと知って、

「いやぁ、何流と名のれるほどのものではありませんよ」

片手をあげて、横に振ってみせる。

「まぁ、あえて申しあげれば、下野の田舎流派で、権現無念流という……名のとおり、日光にまつられた東照大権現にあやかってのもの」

「東照神君・家康公にですか」

「はい。藤浦の城下に道場を建てて、流派を立ちあげたのは、伊坂《いさか》又兵衛先生。もともとは亡き岡田吉利《よしとし》大先生の直弟子で、昨今、江戸表で人気の高い斎藤弥九郎《やくろう》どのと同門ですよ」

応えて、文太夫は言いそえる。

「斎藤どののご盛名はむろん、ご存じでしょうがね」

源三郎は苦笑して、

「存じておるどころか、わたくしも神道無念流の流れをくむ身……師匠の遠野彦五郎先生は、これまた岡田吉利の門弟だった方ですよ」

「ほう。そいつは奇遇《きぐう》ですな」

言ってみれば、源三郎と文太夫は、岡田吉利を［祖］とした、

［孫弟子同士］

ということになる。

源三郎は、遠野道場が小石川の実家の近く、牛天神のかたわらにあって、幼少のころから通っていたことを明かした。

「事情《わけ》あってわたしは、だいぶまえにやめてしまいましたがね」

「小石川なら御三家・水戸さまのお膝もと。源三郎どののご実家はもとより、お旗本衆のお屋敷も多い……となれば、斎藤どのの練兵館《れんぺいかん》にも負けますまい」

と、文太夫は眼をみひらかせる。

「さぞや、お賑《にぎ》わいなのでしょうな」

「それが、そうでもなくて……」

応えて、源三郎はちょっと迷ったが、現在の遠野道場のさびれた実情と、その理由をかいつまんで語ってきかせた。

「ふむ。そいつは困ったことですな」

「ええ。その遠野先生のご養子の辰之介どのに取りついた浪人衆というのが、そろいもそろって相当な悪党らしくて……」

言いかけて、

「田所さん、話のつづきはあとだ」

耳打ちし、じっと周囲を見まわした。

どうも、さっきから、

（何者かに尾《つ》けられているような）

気がしていた。それもあって、立ちどまったのだが、いまになってにわかに、ひとの気配が濃密になった。

（あるいは、じわじわと迫ってきているのやもしれぬ）

源三郎ら二人は、提灯《ちょうちん》を持ってはいなかった。井筒を出るとき、屋号の書かれた提灯を差しだされたのだが、

「なーに、この界隈は庭のようなもの。眼をつぶってでも歩けます」

そう告げて、断わってしまったのだ。

しかし、空には月も星もなく、暗い晩であった。

隣接する四日市《よっかいち》町や塩《しお》町の町屋からの明かりが、うっすらと洩れてはきている。大川を行きかう舟の灯火も、ときおり周囲を映しだした。

が、闇は濃く、ごく間近ならばともかく、少し離れると何も見えない。ただたしかに、彼ら二人をかこんだ数人の者の気配が感じられる。

微動だにせず、するどく夜目《よめ》をこらしているうちに、見えてきた。

（一人、二人、三人……六人か）

間近の柳並木の下にほぼ半数、残りは川端の土手に放置された猪牙舟《ちょき》の陰にひそんでいるようだ。

身がまえて、源三郎は愛刀・山城守国清《やましろのかみくにきよ》の鯉口《こいぐち》を切る。文太夫もまた、刀の柄《つか》に手をかけた。

それと気づくと、闇に隠れていた刺客たちはいっせいに立ちあがり、身を躍らせて、抜刀した。

今宵はみな一様に、黒い頭巾《ずきん》をかぶっている。

が、服装は紋付き袴のままで、おおかたは昨夜、源三郎がおけら長屋の近辺で見かけた者と同じと知れた。

そう思い、文太夫のほうを向くと、

「さよう。おそらくは奥山の手の者……下野・藤浦の連中でござる」

相手にも聞こえるような大声をあげた。

「わしが元藤浦藩士、勘定方の田所文太夫と知っての狼藉《ろうぜき》じゃな」

「ぜひもない。田所さん、助太刀《すけだち》いたすっ」

叫ぶや、源三郎は抜刀して、間近の刺客と対峙《たいじ》した。

源三郎は下段にかまえたが、相手は刀身をふるわせる感じで剣尖《けんせん》が落ちつかず、構えがさだまらない。

（何やら、未熟そうなやからだ）

そうと読んで、背なかあわせになった文太夫の耳もとに口を寄せ、

「殺すまでのことはなさそうですよ」

源三郎はつぶやきかけた。

「ふむ。峰打ちで参るか」

応えて、文太夫は刀身をくるりと回転させた。

相手の腕がおのれと対等か、それ以上かもしれないときは、こちらもそれこそは［真剣］で、気持ちの余裕などはもてない。

生命《いのち》がけで戦うしかなく、相手に関しても、その生き死にをおもんぱかってなどはいられなくなるのだ。

しかし、このときは、だいぶの余裕がもてた。

相手はようやく中段に刀をおいて、それをゆっくりと正眼《せいがん》の構えに移していこうとしている。

その間に源三郎は擦《す》り足でじりじりと迫り、間境いと見るや、わずかに右へ飛び、下段から刀をすりあげるようにして相手の足を払った。

骨までは斬らぬ。が、脛《すね》のあたりの肉をかなり抉《えぐ》ったようで、鮮血が噴きだし、同時に膝をくずすようにして、相手はその場に倒れ伏した。

ついで襲ってきた刺客の一人は、胴を水平に払い、もう一人は背後から頸《くび》のつけ根を強くたたいて倒した。

どちらも、峰打ちである。

文太夫もまた、べつの三人を同じようにして、かたづけていた。

あっという間に、勝敗は決した。

だが、その場に伏していた者たちはほどなく、順に息を吹きかえした。刀をてこにして腰をあげると、泡《あわ》を喰って逃げていこうとする。

「……どうします？」

源三郎が訊くと、

「ここは深追いするまでもないでしょう。どのみち、連中の向かうところは決まっている」

藤浦藩の江戸屋敷は、鍛冶《かじ》橋近くに上屋敷、愛宕下《あたごした》に下屋敷がある。

鍛冶橋といえば、ここからさほど遠からず、ゆっくり行っても四半刻（三十分）ほどもあれば着く。

「……たぶん、そちらです」

確認のために、一人だけ残しておけばよい、と文太夫は言った。

「ならば、そやつだ」

と、源三郎は抜き身のままの刀の尖端を、最寄《もよ》りの柳の樹下に向ける。そこに、最初に彼が斬った刺客が、疼《うず》く足を抱えるようにして、うずくまっている。

「簡単には、動けぬようにしておきましたからな」

言うなり、源三郎は切っ先をその男の頭上にかかげ、いっきに振りおろした。

おもわず男は身をすくませる。が、頭が割れることはなく、かぶっていた頭巾だけが真っ二つに裂けて、路上に飛んだ。

現われいでた顔を見て、

「おや……」

と、文太夫が声を出した。

「もしや、健四郎《けんしろう》ではないか」

背後から首をつかみ、町屋の明かりのとどくほうに向けて、

「見知った者ですか」

と、源三郎。

文太夫はさらに凝視する。

「ふむ。まちがいない……おぬしは横瀬の健四郎だな」

勘定方の同僚で、やはり奥山の配下にいた横瀬多一郎の弟だという。

激しく首を揺すり、文太夫から顔をそむけようとする健四郎に、

「それは、それは……田所さんの顔見知りだったとは」

声音をやわらげて、源三郎は言った。

「どこのどなたの差し金でわれわれを襲ったのか、おとなしく吐いていただければ、近くの駕籠《かご》屋にでも連れていき、鍛冶橋の藩邸へと送らせますよ」

料金は後払いでお願いしますがね、と笑いかける。

慇懃《いんぎん》な口ぶりだが、つねに増して眼光はするどい。

「それとも、同じところをいま少し、抉ってさしあげましょうか」

告げて、ふたたび刀を持ちなおし、剣尖をこんどは健四郎の傷ついた向こう脛に向けようとする。

いまはまだ、さしたる深手ではないが、傷口からなおも血が噴きだしていた。放っておけば、出血多量で死ぬことすらも考えられる。さすがに健四郎も恐れをなして、

「ま、待ってくれ」

悲鳴をあげた。

「察しのとおり、奥山さまのご命令だ」

「それがしを殺すよう命ぜられたのか」

「……さ、さよう」

新藩主の雅楽頭は目下、良からぬ噂のある重臣たちをつぎつぎと更迭《こうてつ》している。城

代家老の奥山大蔵が同様の目にあうのも、もはや時間の問題。――

「それどころか、昔のことを取りざたされて、重罪に科される恐れもある……」

そこで、

［旧悪のもみ消し工作］

をはじめ、まずは田所文太夫の抹殺《まっさつ》をはかろうとしたものらしい。

「やはりな。推察したとおりだ」

「ために、かような有象無象《うぞうむぞう》を刺客に差し向けるとは。だいぶ焦っておるようで……

まさに、悪あがきですな」

言って、また少し源三郎は笑ったが、思っていた以上に、文太夫は強い。

おそらくは、自分と互角。

（ともすれば、負ける）

と思われるほどの腕前である。

そして、ここにいる横瀬健四郎をはじめ、今夜、彼と源三郎を襲撃した者たちはだれも、国もとの藤浦藩では、文太夫にかなわなかった手合いばかりのようだ。

それが、あえて刺客となったのは、よほどに奥山の命が絶対的なものだったのか。

または、数をたよったというだけのことだろう。

が、泰平の世がつづいていることもある。

藤浦藩士に限らず、なべて諸藩の士は保身にたけ、心身ともにおのれが傷つくことを恐れる者が多い。

（……そうと見て、奥山は、またべつの手を打ってくるやもしれぬ）

より強い刺客、というより、失うものの何もない、

「怖いもの知らずの者たち」

を送りこんでくる危険性は高い。

「これで奥山が手を引くとは思えませぬな」

同じように考えたらしく、文太夫がつぶやいた。

「もっと恐ろしい連中を差し向けてきそうだ」

「まぁ、そういうことになるでしょう」

「何やら、本当に貴殿を巻きこんでしもうたようで……まことに申しわけもございませぬ」

空木どの、と源三郎を姓でよんで、文太夫はふかぶかと頭をさげた。

六

西隣の四日市町に、これもなじみの駕籠屋があった。

言ったとおりに、源三郎と文太夫の二人は、傷ついた刺客一味の横瀬健四郎をそこまで連れていき、駕籠屋につたえて鍛冶橋の藤浦藩邸まではこばせることにした。

そんなこんなで手間どってしまい、ついでに彼らも駕籠を頼んだものの、永代橋に差しかかったときには、もう四ツ（十時）近くになっていた。当初、二人は、

［河岸を変えて飲むつもり］

であったが、二、三の居酒屋をのぞき、そのあたりの料亭などは軒並み看板で、店をしめはじめている。

橋詰でいったん駕籠をとめて、あけた簾《すだれ》から顔を突きだし、

「しかたがない。田所さん、深川へ帰りましょうや」

源三郎は、隣の駕籠に乗った文太夫に声をかけた。

同じ深川でも、とばくちにあたる佐賀町や堀川町はそうでもないが、中心部となる仲町や、深川不動尊こと永代寺、富岡八幡宮の近辺まで行けば、遅くまでやっている

料理屋がいくらもある。

深川は、都の辰巳《たつみ》（東南）の方角。そこで界隈の芸妓《げいぎ》は、

［辰巳芸者］

とよばれるが、その芸者衆と遊んでの帰路に立ち寄る客などで、夜ごと、夜半すぎまで賑わっているのだ。

源三郎も文太夫も二人とも、突然の刺客の襲来によって、

（だいぶ酔いがさめてしまった）

感がある。

いざとなれば、おけら長屋のある堀川町を素通りして、もっとも繁華な仲町くらいまで足を伸ばすつもりでいた。

ところが、であった。

永代橋を渡り、佐賀町をすぎて、堀川町の長屋近くまで来ると、

（あいているはずがない）

と思っていた信濃屋の掛行灯《かけあんどん》がついている。

ふたたび駕籠をとめて、外に出た。文太夫も降りて、ともに勘定を払い、戸口に寄ってみると、店のなかもまだ明るい。

「安蔵さんご夫婦やおみつさんが、片付けでもしているのでしょう」

背後で文太夫が言ったが、

「いや、そうでもなさそうですよ」

首を揺すって、聞き耳を立てる。

「万馬さんの声がします。毎度おなじみの、やかましいだみ声がね」

「本当だ。お香さんや六助さんの声もする。みんな、こんな遅くまで、いったい何で
……」

賑やかというのではない。むしろ沈んだ雰囲気のなかで、何かを懸命に論じあっている様子だった。

とにもかくにも、

(戸さえ開けば、こちらのものだ)

とばかりに、引きあけて、のれんをくぐり、店内にはいる。

(さぞや、おみつちゃんも驚くだろう)

と思っていたが、

「どうしたのぉ、この刻限に、源さんたちまでが現われるだなんて」

案の定、絶叫というに近い声を出した。

しかし、それほど怖い表情もしていない。居残っている客が、関亭万馬やお香をはじめ、常連ばかりということもあるのだろう。

迷惑顔というよりも、ほとんどあきらめているふうである。

文太夫とならんで、飯台《はんだい》のまえに坐りながら、源三郎は、

「だけど、おみつ坊。表の行灯が消えてなかったぜ」

「あ、忘れてた……」

おみつはあわてて戸口に向かい、軒の灯りを消してもどった。

失敗を気づかされたうえに、［おみつ坊］と自分がいちばん嫌うよび方をされて、明らかに機嫌をそこねている。

こころもち頰をふくらませて、

「もう、お酒しか出せませんよ」

「それで、けっこう……霊岸島の料理屋で、たっぷりご馳走《ちそう》を食べてきたからね」

応えはしたものの、大川端で暴漢を相手にいささか立ち動いたこともあってか、

(小腹がすいたような)

気がしなくもない。

源三郎がそれを言うまえに、

「あ、そうですか。ならば、煮しめもいらないわね」

そのおみつの言葉に重ねるようにして、

「あら、源さん。今夜はお揚げの煮しめでしたよ」

入れ込みの座敷にいたお香が、ふりかえって口をはさむ。

油揚げは源三郎の大好物なのである。ことに信濃屋のそれは、手造りでぶ厚く、口にふくんだときのふんわりした感触がたまらない。

「火に油をそそぐ」

とでも言うか、どうもお香はいつも、源三郎とおみつの「いさかい」を愉しんでいるふうがある。

「それならば、話はべつだ」

源三郎はちらと文太夫の顔に眼をやって、

「その煮しめ、まだあるのなら、せっかくだから、もらっておこうか」

「でも、源さん。肴は何もいらないって言ったじゃないの」

「いや、それは油揚げの煮しめがあるとは知らなかったから……」

「どちらにしても、出しません」

「そんなことは言わずに、おみつちゃん」

「いいえ、出しません」

もらう、出さない、と言いあい、［押し問答］のごとくになりかけたところへ、女将のお梅が板場から姿をみせて、

「はい、源さんに文太夫さん……どうぞ」

燗酒《かんざけ》と小皿に盛った煮しめを二人のまえにおく。

「……たく。女将さんたら、源さんには甘いんだから」

ふくれ顔でつぶやくと、おみつは肩をすぼめて、板場の端の流し台のほうへと立っていった。

ひとくち油揚げを口に入れ、源三郎は美味《おい》しそうに頰をゆるめる。そんな彼を、お梅は笑みをうかべて眺めていたが、ふと真顔になって、隣の文太夫のほうに眼を移し、

「そういえば、さっきまで新平さんとおちかさんがいて、文太夫さんが来るんじゃないかって、待ってましたっけ」

新平らは昨夜も、文太夫と連れだって信濃屋に来ている。

夫婦して、そばは好きだが、新平はまったくの下戸《げこ》で、ふだんなら夕餉《ゆうげ》代わりのそ

ばを二、三枚も食べたら、引きあげてしまう。

食後もずっと長居していることは、珍しかった。

よほどに大切な用があったのだろう。

「何だか二人とも、ちょっと深刻な顔をしていましたよ」

「ふむ。そうでしたか」

文太夫は源三郎の顔を見つめかえし、首をかしげかけた。が、心当たりでもあるのか、ひとり顎をひき寄せると、

「今夜はもう遅い……明日の朝いちばんにでも、こちらから訪ねていってみましょう」

源三郎とお梅の二人に向かって言った。

小さくうなずいたのち、源三郎は手にした杯をかたむけながら、座敷のほうを見た。

「しかし、どうしたのかね。とうに四ツをすぎたってぇのに、みんなして……この騒ぎようは」

「それがね、源さん」

お香が応えた。

「最前また、あたしたちがこうして飲んでいるところへ、黒米の旦那がお見えになったんですよ」

「定廻りの黒米さんが……てことは、また何か事件が？」

「そうなんですよ。昨日につづいて、今日も辻斬りが出たとかで……」

新平夫婦の用事というのは、別件のようだった。ここにいる一同の関心事はもっぱら「辻斬り」のことで、今の今まで、その話でもちきりだったらしい。

「で、今日も真っ昼間に出やがったのかい」

「いや、夜になってから……つい一ツ刻（二時間）ほどもめぇのことだってさ」

お香に代わって、万馬が言った。

「それも、源の字。たてつづけに二件だとよ」

「なに、二件？」

「ああ。黒米さんの話では、本郷で一件、小石川で一件、あったそうな」

源三郎はおもわずまた、文太夫と顔を見あわせてしまった。

文太夫以外、ここにいるだれにも明かしてはいないが、源三郎の実家である譜代旗本の空木家はほかでもない、小石川の中富坂町にあるのだ。

だが、事が起きたのは富坂のほうではなく、小石川御門のあるお堀に近いところだ

そうで、

「何でも、水戸さまのお屋敷の塀ぎわだとか……」

「それじゃ、夜鷹《よたか》なんぞじゃねぇな」

「そう、ぼて振りともちがう……れっきとした水戸家出入りの御用商人よ」

「てことは、銭かねがらみか」

「よくはわからんがね。ざっくりと袈裟《けさ》がけに斬られたうえに、持ち金をそっくり持っていかれたとのことだ」

御三家・水戸家御用の大店《おおだな》の番頭が犠牲になったというのだ。

こうなると、これまでとは少々事情がちがってくる。

「御三家がらみ」とあって、公儀は目のいろを変えた。上から発破《はっぱ》をかけられ、筆頭与力の大井はもとより、黒米らの定廻り同心たちも、探索に駆けずりまわっているという。

おそらくは源三郎の兄の南町奉行・筒見和泉守総一郎も歯噛《はが》みしているにちがいない。

それにしても、最初は湯島で、つぎが白山上、そして本郷、小石川と、

（しだいに牛天神に近づいている）

つまりは、遠野道場にも近くなったということだ。

（いよいよもって怪しい）

と思い、またも源三郎は昨日の夕刻、富坂ですれちがった男の姿を頭にうかべた。

さらにもう一人、今夜［井筒］の厠の手前で行きあった男のことも気にかかる。

が、二人がともに浪人者で、程度の差こそあれ、どちらも、

［血のにおい］

をさせていたということのほかに共通点はない。

井筒で出会った男の連れが、どこか下野の小藩の留守居役だというのも引っかかるが、こちらもまた結びつきは見えず、

（まさか……）

との思いが強かった。

だから、そのことは文太夫にも言ってはいない。

（まぁ、何もなくて、もともとだ。近々また井筒に行って、仲居のお福に会ってみよう）

と、源三郎が飯台の側に向きなおったとき、おみつが濡れ手拭いを持って、板場から出てきた。

「源さん、ちょっと顎をあげて」

「ふむ？……こうかい」

言われたとおりに、源三郎が下顎を突きだし、上向かせると、おみつはそこに手拭いをあてがい、さっと一拭きした。

「おやぁ、お安くありませんね。お二人さん」

座敷のほうから、ぼて振りの六助が冷やかしの声をあげる。お香もまた、

「なんだ、さっき言いあってたと思ったら、もう仲なおり？」

「そんなんじゃないのよ、お香さん。ただ、ちょっと汚れてたもんだから」

と、おみつが応え、源三郎のほうにちょっと含みのある眼を向ける。それを見て、

（そうか）

と、源三郎は気づいた。

先刻、大川端で横瀬健四郎の足を払ったとき、返り血が顎についたのだろう。

「まぁ、とにかく、ありがとよ」

告げると、おみつは耳もとで、

「何があったのかは、あとで聞かせて」

ささやくように言うと、ふたたび板場の流し台へと去っていく。

杯を片手に、ぼんやりと見送りながら、
（あいついで起こった辻斬り騒ぎで、みんな変にたかぶっている）
と、源三郎は思った。
夜半近い、こんな刻限になっても、容易に立ちあがろうとはしないくらいだ。
そこへきてさらに、同じ長屋の住人、田所文太夫をつけねらう刺客の話までしたの
では、だれも仰天するだけですむまい。
が、今宵はともかく、遅かれ早かれ、おみつをはじめ、おけら長屋の面々には事実
を語ってきかせねばならない。
（より屈強な暗殺団が、文太夫のもとへ送りこまれるか）
わからないからである。いつ、何どきまた、
かたわらで、当の文太夫が何事か言いたそうな顔をしている。
黙ったまま、小さく首を横に振って、文太夫の口を封じると、いつのまにか冷めき
った酒を、源三郎はいっきにあおった。

第三章　贋《にせ》ろうそく

一

「ほう、貴公は伊坂又兵衛の門弟でござったとな」

遠野彦五郎が、おびただしい小皺《こじわ》の寄った眼を丸めて言った。

こころもち前方にのめり、彦五郎の居室の藁《わら》ござの上に伏した姿勢になって、

「はい。伊坂先生は岡田吉利《よしとし》大先生の愛弟子……ゆるされて、下野《しもつけ》の在郷に神道無念流の一派、権現《ごんげん》無念流の道場をひらきました」

田所文太夫が応える。

相づちを打って、源三郎がつづけた。

「言ってみれば、遠野先生もわたくしも、そしてこの田所さんも、同門というわけで

す」

「いまをときめく練兵館の斎藤弥九郎もな」

火箸《ひばし》を手にし、火の気のない囲炉裏《いろり》の灰を所在なげにかきまわしてから、

「当道場も、もそっと栄えておれば、胸を張るのですがなぁ」

彦五郎がつぶやく。

遅い朝のことで、すでに正午近くになっていた。

早朝に文太夫は、同じ長屋の新平・おちか夫婦の住まいを訪ねた。ところが新平らは不在で、いくら待っても、もどってはこない。

文太夫があきらめて帰宅したところを誘い、源三郎は小石川は春日町、牛天神わきの遠野道場に足をはこんだのである。

日本橋南・亀島町の湯屋組合には、江戸市中で頻発《ひんぱつ》している、

［辻斬り事件の探索］

との届けを出しておいた。

ただの口実とも言えなくはない。が、いまは遠隔の地で起きている事件が、

（いつ源三郎の担当地区で起こるか、知れぬ）

との懸念はあるし、他に増して人の出入りの激しい湯屋が、それにかかわる可能性

も大きい。

源三郎は本気でそう思っていた。

そしてまた、いまだ彼個人の直感にすぎぬとはいえ、この遠野道場で目下、［進行している事態］

が、一連の事件にからんでいるような気もしていた。

じっさい、最前、道場主の遠野彦五郎が口にしたとおり、この住まいと棟つづきの道場には活気がなく、すさんだ雰囲気がただよっている。

稽古中ではあり、たがいに打ちあう竹刀《しない》の音などは聞こえてくる。だが、掛け声がないか、あってもか細く、気合いや気迫といったものが感じられない。

原因は、はっきりしている。彦五郎自身がかなり重い疼痛性疾患《リユーマチス》を病んでいること。くわえて、［若先生］とよばれ、師範代をしている辰之介に取りついた正体不明の浪人たちのせいなのだ。

ふつう、今日のように突然の来客があり、師範たる道場主が稽古に立ち会えないとなれば、師範代が道場に立つ。

それが外へ出かけていて不在なのだから、活気など望むべくもないが、たとえ辰之介がいても、事はさして変わるまい。

「師範代のまた代理」

などと称して、ごろつき浪人どもが町人の門弟らを相手に荒稽古をつけたりする。おかげで門人の数は激減し、その点でも遠野道場は衰退の一途をたどっているのだった。

ここまで歩いてきしなに、そうしたことを源三郎はあまさず文太夫に語っていた。

その文太夫が、

「同門の老剣客」

の顔をのぞきこむようにして、

「遠野先生もいろいろとあって、お困りのようですね」

「困っており申す……どうにかせねば、と思うて、この空木にも相談をもちかけておるのです」

「そのこと、それがしも伺うておりまする」

「ふむ。養子の辰之介さえ、しっかりしてくれれば、わが道場も何とか持ちなおすはずなのじゃが……」

と、彦五郎が総髪に手をやり、かきあげたとき、遠野父子らが出入り口にしている土間のほうで物音が聞こえた。

そちらを振り向き、

「……もどってきたようですな」

彦五郎が言葉をもらし、源三郎と文太夫は黙って顔を見あわせた。

ややあって、辰之介が三人のいる居室へ姿をみせた。

「……一人か。珍しいな」

「はい。飯塚さんたちは、根津だか湯島だかに遊びに行かれまして……」

「また、花街《はなまち》か」

と、彦五郎は小さく肩をすくめて、

「……ずいぶんと羽振《はぶ》りがよいな」

「…………」

辰之介の表情が曇った。どうやら彦五郎は彼に過分の小遣いをあたえていて、そのほとんどすべてを辰之介は飯塚とかいう浪人とその仲間たちにたかられているようだ。

だが、彼らの景気がいいのは、それだけでもなさそうである。

「怪しいのう。羽振りがよすぎる……」

このとき源三郎もまた、そうした浪人たちの振るまいに不審なものを感じた。

昨夜、ここ小石川の界隈で辻斬りに襲われたのが、水戸家出入りの御用商人であり、懐中《かいちゅう》にしていた金子《きんす》をすべて奪われたらしいという事実が、頭によみがえったのである。

そんな源三郎のほうを、辰之介は、ちょっとけげんな顔で見て、

「……こちらは？」

「おう、そうだ」

と、彦五郎は軽く膝《ひざ》を打ち、

「辰之介、そなた、覚えてはおらぬか……空木源三郎どのじゃ」

炉辺《ろばた》に腰をおろしかねて、半立ちのままに、辰之介は源三郎にじっと眼をそそぐ。

今日の源三郎は、両刀を長屋の部屋におき、丸腰の町人姿で来ている。それだけに、わからぬのも無理はなかった。

が、彼が遠野道場をやめ、ほとんど同時に中富坂町の空木家から出奔《しゅっぽん》したのは、これより十年まえ、十七歳のときである。

すでに元服《げんぷく》していて、顔立ちも、いまとそうは変わっていない。

はっと気づいて、辰之介は一礼し、

「ああ、あの当道場はおろか、このあたり一円の町道場では、かなう者がないと言われていた源兄《に》ぃ……いえ、空木さま」

「源兄ぃでけっこうですよ、辰之介さん」

たしかに当時、辰之介は源三郎をそうよんでいた。

齢《よわい》まだ十になったばかりで、点々とにきびの吹きだした、あどけない顔の少年だったのだが、彼のほうはだいぶ変貌している。

ふっくらとした頰の丸顔や、小さくつぶらな眼はいっしょだが、色白の肌はあせて、どこか疲れた感じがある。

背は高くなり、どちらかといえば小柄な養父・彦五郎をはるかに超え、中背の源三郎よりも拳《こぶし》一つぶんほども高い。

そののっぽの身を折りまげるようにして、

「空木さま……お久しぶりでございます」

あらためて頭をさげると、養父にうながされるまま、辰之介はそのかたわらに腰をおろした。

「お元気そうで、何よりです」

辰之介の顔から疲労のいろが消えた。代わりに、くったくのない笑みが満面をおおい、片側の頰に小さなえくぼが浮かんだ。

（この笑顔だ……これは、子どものころから変わってはいない）

素直な良い子だった、という印象が残っているが、いまもそれは同じである。

ただ、気がやさしい。やさしすぎて、それが弱さに通じてしまっている。

（おそらくは、かのごろつきの浪人どもにそこを見すかされ、つけこまれてしまっているのではないのか）

現に、彼ら［悪友］たちのことを語るおりにも、言葉の端々に、

（いささか迷惑している）

との思いがにじんでいるような気がする。しかし、何故、彼らはそんなふうに辰之介につきまとうのか。辰之介のほうでも、どうして断ち切ることができずにいるのか
……あらためてまた、疑問がわいた。

が、源三郎がそれを問う機を得られずにいるうちに、

「辰之介、このお方は空木のご友人で、田所文太夫どのと申される」

と、彦五郎は文太夫の紹介をはじめた。

「権現無念流と言われたか、名こそ異なるが、もとはわれらと同じ神道無念流の達人だそうじゃ」

「ほう、権現……」

「東照大権現さまにあやかりて、わが師が名づけた流派にござる」

「それは、何やら面白そうですね」

辰之介は、好奇心で眼をかがやかせた。身を乗りだすようにして、文太夫を相手にあれこれ聞こうとしている。

その様子を眺めながら、

(やはり、本当には変わっていない)

と、源三郎は確信した。

もともとの問題は、

[辰之介に寄生する浪人たち]

のほうにある。

それはもはや、疑いようもなかった。

二

かたわらの道場での源三郎との立ち会いを望み、申しでたのは、辰之介のほうだった。

三本勝負で、彦五郎が判定役をつとめ、文太夫がそれを補佐した。

一本目は、源三郎が正眼《せいがん》の構えからじりじりと竹刀の刀身をせりあげてゆき、喉《のど》もとを突くかと見せて、［胴］を払い、一本とった。

二本目は、源三郎の油断もあって、辰之介の［速攻戦術］がまさった。開始直後に、その長身を利して辰之介が源三郎の［面］を打ち、それがぴたりと決まってしまったのだ。

それにしても、源三郎は、

（なかなかの腕前だ。さすがに遠野先生が、後つぎと見こんだだけのことはある……）

そう思わざるを得なかった。

はたして、三本目は接戦となり、一方が面を打てば、かたや竹刀でふせぎ、受けとめる。胴を払おうとすれば、うまく擦《す》り足でかわす、といった按配《あんばい》で、容易に決着がつかない。

「面っ」

「胴っ」

同じ掛け声がくりかえし道場内にひびき、いくぶん源三郎が疲れをおぼえたころだった。住まいのほうの土間で、物音と人の声が聞こえた。

浪人たちが帰ってきたようだ。

そうと知って、それを機に、

「……それまでっ」

と彦五郎は声をあげ、「両者引き分け」ということにした。

まもなく浪人たちが道場にやってきたが、源三郎の予感したとおりであった。

まず現われたのが、一昨日、富坂で行きちがった男で、これが最前、辰之介が言っていた飯塚兵七郎《へいしちろう》らしい。

ひょろりとしていて、顔いろは辰之介よりもわるい。蒼白《あおじろ》いというよりも、蒼黒かった。

あのときは俯《うつむ》いていたので、見えなかったが、顎《あご》の下に三日月形の生々しい傷が刻まれている。

それから三、四人、どやどやと飛びこんできて、たちまち道場の一角を占拠してしまう。

「小手《こて》っ」

源三郎が驚いたのは、いちばん最後に姿をみせた男の顔を見た瞬間だった。

ほそおもてで、眼はやや落ちくぼみ、鼻すじは通っている。まずは男前と言えたが、いちばんの特徴は右目のわきのほくろだろう。

黒々としたほくろが一点、ぽつんと浮きあがっている。

そう、昨夜、料亭［井筒］の厠《かわや》の近くで会った男である。

「お帰りなさい、脇坂《わきさか》先生」

と、辰之介が立ちあがって挨拶し、他の浪人らも［先生］とよんで、自分たちよりも一段高くあつかっている。

脇坂柳太郎《りゆうたろう》というのだが、

（どうやら、この男が一味の首領格のようだ）

と、源三郎は見た。

しかし、いやでも目につく大ぼくろと、酒気をおびたからだの奥から発される、

「微妙な血のにおい」

のおかげで、源三郎は脇坂のことをよく覚えていたが、彼のほうではまるで気づかぬ様子でいる。

それかあらぬか、脇坂は、道場の床に正座したままでいる源三郎に、ちらと眼を走

らせて、

「辰之介さんよ、ぼて振りだか、つぼ振りだか、知りませんがね、こんな町人なんぞと立ち会って勝っても、何の手柄にもなりませんぜ」

言って、声に出して笑ってみせた。

自分の「駄洒落《だじゃれ》」を気に入ってのことだろうが、なるほど今日の源三郎は、

「天秤棒《てんびんぼう》をかついで物を売る、ぼて振り」

にも、

「賭場《とば》でさいころを転がす、つぼ振り」

にも、どちらにも見える。いずれにしても、脇坂が、

（こやつは、ただの町人）

と思いこんでいるのは、まちがいなかった。

「……わかっておりますよ、先生」

と、苦笑を返した辰之介に、

「おい、辰よ」

最前の飯塚が声をかけた。

「酒はないのか、酒はよ」

「ああ。買いおきの瓶《かめ》が、奥のわたしの部屋にありますよ」

「上等じゃねぇか」

と、飯塚は喉もとをひくつかせ、

「脇坂先生、辰んとこで飲みなおしましょうや。何だか、まだ酒が足りねぇ」

「よし、そうするか。それじゃ、頼みますよ、辰之介さん」

「おやすいご用で……」

応えはしたが、直後に辰之介は養父・彦五郎をふりかえり、わびる素振りをしてみせる。ついで源三郎のほうに首をめぐらせ、ちょっと戸惑った表情をうかべた。

遠野道場を出ると、

「せっかくですから、ついでに寄っていきましょう」

源三郎は文太夫を牛天神に誘い、二人して参詣をすませた。

そのあと、道場とは反対側の石段を降りた。

源三郎と肩をならべて、小日向《こひなた》の方向に歩きはじめながら、

「遠野道場の辰之介さんの件ですがね」

文太夫が言う。

「あれはやはり、脇坂やら飯塚やらといった連中と引き離さなければ駄目でしょうな」

「田所さんも、そう思われますか」

「思います。しかし、相当にしつこそうな輩《やから》ですからね、かなり骨ですよ」

「何が、めあてなんでしょう……遠野先生も辰之介さんも、金づるになるほど懐《ふところ》が豊かなはずもねぇんですが」

ただ、門弟が激減したわりには、道場も住まいもきちんとしており、修復がなされている。竹刀や木刀、防具など、道具類もそろっていた。辰之介が充分な小遣いをもらっているのも確かなようだ。

しかし他人にめぐんであげられるほど、潤沢《じゅんたく》なはずはない。

「ふむ。道場を乗っとろうと、ねらってるんですかね」

「乗っとり、ですか？」

だが、それならば、荒稽古をつづけて門人の数を減らすなどは、

「愚《ぐ》の骨頂《こっちょう》」

ということになる。

「もしかしたら……」

ちょっと足をとめて、文太夫が首をかしげた。

「道場もしくは遠野先生の名を、利用していることも考えられますな」

源三郎も立ちどまり、

「何のために……」

口にしかけて、彼は昨夜、［井筒］の仲居《なかい》のお福が言っていたことを思いだした。

くわしいことはわからない。が、お福が掛《かかり》をしていた座敷［菊の間］で、あの脇坂柳太郎が、

「さる藩の留守居役《るすい》」

と会っていた。それも、

「仕官の口がないものか」

そんな話をしていたようだ、というのである。

いわゆる猟官運動だが、斎藤弥九郎の練兵館ほど有名ではなくとも、遠野道場もそれなりにふるく、実績をもっている。また彦五郎の名も、神道無念流の剣客として、そのすじにはよく知られていた。

「……たしかに、悪用しているのかもしれません」

だが、そのことにからめ、まだ何かある。

（この一件の背後に隠されている何かが……）

源三郎がそれを言うと、文太夫は大きくうなずきかえし、

「それがしも少々感じましたな。遠野先生も辰之介どのも、脇坂とやらも、それぞれに胸中に秘めて明かさずにいるものがある……と」

「そういえば」

と、源三郎は文太夫に、お福から聞いた話をあらためてしてきかせる。

「その脇坂の相手をしていた留守居役というのが、下野の小藩の者らしいのですが」

「下野の？……いずこの藩でしょう」

「さて、そこまではお福も知り得ずにいたようで……まさか、田所さんのいらした藤浦藩ではなかろうか、と」

「まさか、ね」

と応えはしたが、文太夫も気がかりな表情をうかべる。

「近々また井筒へ行って、お福をよびだし、確かめてみますよ」

ほどなく自分たちは井筒を出てしまったが、その留守居役と脇坂はなおしばらく菊の間にとどまっていたはずである。

「お福とはなじみですしね。ちょいとお捻《ひね》りを渡して、もっとくわしく聞いてくれる

よう、頼んであるんです」

「なるほど、さすがですなぁ。さすがは、お奉行さまの……」

「しっ」

と、自分の唇に指をあてて、

「そのことは、ご内密に」

苦笑すると、源三郎は文太夫をうながして、歩きはじめた。

三

源三郎と文太夫の二人が深川・堀川町のおけら長屋にもどったのは、もう夕刻に近かった。

「腹が減りましたな」

「ふむ。だいぶ……」

とりわけ源三郎は、辰之介を相手に立ち会い稽古までしたのだから、空腹もひとしおである。

そうとなれば、行くところは決まっている。

長屋の木戸口には立ったものの、木戸をくぐって住まいに向かうことはせずに、二人は表店《おもてだな》の信濃屋へ直行した。

夕方とはいえ、いちばん混みあう［書きいれ時］には少々間があり、まだ店内はすいていた。

入れ込みの座敷に二人連れの客が一組。飯台《はんだい》のほうの席には関亭万馬が一人でいて、手酌で酒を飲んでいた。

「いらっしゃいましっ」

立ってきたおみつに、酒とそばを注文する。それから、源三郎は文太夫といっしょに万馬の側へ寄っていき、

「万馬さん、今日はお一人ですかい……珍しいね」

隣に腰かけながら、声をかけた。

万馬は、うつむき加減でいた顔をあげ、

「おう、源の字に文太夫さん」

応えはしたが、何となく浮かぬ様子でいる。

「なんか、いつもの元気がねぇな」

源三郎の言葉に重ねるようにして、

「どうしました？」

文太夫が訊《き》く。万馬をはさむ格好で、彼は反対側に腰をおろした。

むう、と唸《うな》るような声を出して、

「時雨堂《しぐれどう》がよ、妙な注文をしてきやがったのさ」

「時雨堂……ああ、神田錦《にしき》町にある戯作物《げさくもの》の版元ね」

と、源三郎。うなずく代わりに、万馬はちょっと口もとをゆがめて、

「それこそは珍しく、おれんとこを訪ねてきて、仕事をしろってのさ」

「そいつは、めでたい……良かったじゃないの、万馬さん」

「何を、めでたくなんかあるものかい」

と、万馬は吐きすてるようにつぶやく。

「馬鹿にしやがって、時雨堂のやつめ、どんな注文をしたと思う？」

新作は書かなくてもいい。というより、万馬自身の作品は要らない。ただ、

「売れている戯作者の模倣《もほう》をしろ」

と言われたのだという。

「わけても式亭三馬《しきていさんば》よ。三馬の『浮世風呂』を真似て書け、とな」

数年まえに大流行した作品だ。その作者の式亭三馬を、

［超える筆名］

　ということで、彼は［関亭万馬］を名のった。

　それを思えば、はなから真似ているようなものだが、作品内容の模倣はまずい。今日でいえば［盗作］――いや、それどころか、［海賊版の作成］を頼まれたのである。

「そりゃ、嫌だろうな」

「……あたぼうよ」

　と、鼻を鳴らして、万馬は言った。

「即刻おれぁ、冗談言うな、と断わったがね」

　つねに、喰うや喰わずの貧乏暮らしをしている万馬である。まさしく、［喉から手が出るほどに］銭がほしい。

　しかし万馬には万馬なりに、自尊心もある。だいいちに、もしや模倣本などをこしらえて、それが世間に出まわり、公儀《こうぎ》に見つかれば、

「お縄となるのは、必定《ひつじょう》じゃねぇかよ」

「そんな危ういことはできない、と……」

「できねぇ、できねぇ」

大きく首を揺すり、ほとんど自棄《やけ》のようにして、ついだばかりの酒を万馬がいっきにあおったときだった。

いきなり表の戸があいて、三味線《しゃみせん》師匠のお香が飛びこんできた。

肩で呼吸《いき》をし、血相を変えている。

（こんどは、お香さんか……また、何事が？）

と、眼を向けると、

「たいへんよ、みんな。新平さんとおちかさんが中山の旦那に捕まって、佐賀町の番屋へ連れていかれたの」

「ええっ？」

だれもが驚いたが、

「そ、そんなことがっ」

いちばんに眼を剝《む》いて、身をのけぞらせたのは、文太夫だった。ここへきて彼は、ろうそく職人の新平夫婦に近づき、何やらしきりと話しあっている。

その新平とおちかが、融通のきかぬことで知られ、とかく町人たちに評判のわるい定廻《じょうまわ》り同心の中山金吾《きんご》に捕縛されたというのだ。

「……何かのまちがいじゃねぇのか」

と、万馬が首を捻って、

「黒米《くろごめ》の旦那は、どうなさってるんで？」

源三郎のほうに眼を向ける。

「ほら、目下、市中のあちこちで辻斬り騒ぎが起きてるだろうが」

源三郎は答えた。

「黒米さんはたぶん、そっちの探索で手いっぱいだと思うぜ」

じっさい黒米徹之進をはじめ、町方役人の大半は、筆頭与力の大井勘右衛門《かんえもん》の采配のもと、［辻斬り事件］の捜査に専念していた。

とても他のことどもにかかずりあっている暇はないはずである。

（やれやれ、またぞろ厄介事かよ）

と、内心、頭を抱えながらも、放ってはおけない。源三郎は居あわせた一同の顔を見まわして、

「まぁ、いくら分からず屋の中山さんでも、事情《わけ》もなく、新平さんらをしょっぴいて

いくはずはねぇ……何か、あるんだろうよ」

なだめるように言った。

「とにかく、お香さんの話を聞こうじゃねぇか」

みずから立ちあがり、みなに目配せして、入れ込みの座敷へと移る。

ちょうどそこへ、おみつが、源三郎らが頼んだ酒とそばを盆にのせて、はこんできた。

つやつやと光り、十割そば独特の芳香がして、すきっ腹が鳴った。が、それどころではなさそうだ。

「すまねぇが、おみつちゃん、そばを喰うのはあとだ。どこか、隅のほうにでもおいといてくれ」

酒だけもらう、と言う源三郎に、おみつはこころもち唇をとがらせて、

「でも、源さん、のびてしまうわよ」

「かまわねぇ。話がすんだら、ちゃんと喰うから大丈夫だ。それより、おみつちゃん」

と、源三郎は手まねいて、

「おめぇも、こっちへ来てくれねぇか」

「だけど、お店が……」

「今日はもうじき、千春姐《ねえ》さんが来て替わってくれるんだろう」

「そりゃ、そうですけど」

源三郎は信濃屋のことなら、何でも知っている。というより、おみつに関することは、ときに本人以上に知悉《ちしつ》していた。

だいたい、この店はもともと彼女の父親の［白鷺《しらさぎ》の銀次］のもので、銀次亡きあと、その雇い人だった安蔵夫婦がひきついだ。

かたちとしては安蔵が主人だが、本当の持ち主はおみつなのである。

だからというわけではないが、

［場合が場合］

だった。

おみつの肩ごしに、板場に立った安蔵らのほうに眼をやると、根っから気のいい安蔵は察したようで、

「うん、うん」

とうなずきかえし、わきで、これもお人よしのお梅が微笑んでいる。

「……わかりましたよ」

言って、おみつは肩をそびやかし、一度強く源三郎をにらんだ。
が、じつのところ、おみつの耳にも最前のお香の声はとどいている。
黒米や中山のように正規の［捕り方］ではなく、非公式なものであったが、彼女もまた亡父のあとをつぎ、特別にゆるされて、
［十手をあずかる身］
でもある。それだけに、
［新平夫婦捕縛の一件］
は、おみつとしても、すこぶる気にかかることではあったのである。

四

おみつが寄こしたチロリの酒をぐい呑みについで、口にはこぶと、

「さて……それで、いったい、何がどうしたってんだい？」

お香に向かって、源三郎は訊いた。

「贋物《にせもの》をつくったってんですよ、ろうそくの」

「……贋物？」

「ええ、まがいもの……本物を真似た模倣の品ですよ」

おもわず源三郎は文太夫、そして万馬の二人と順に顔を見あわせた。

さっきお香が来るまえに万馬が言っていた［盗作］の話とそっくりではないか。

「日本橋の室《むろ》町一丁目に［西楼《さいろう》］って店があるんです」

「知ってるわ」

と、おみつが相づちを打った。

「上物の絵ろうそくを商っている店でしょう」

電気や瓦斯《ガス》など、まだない時代である。灯油と同様、ろうそくも人びとの必需品で、種類も豊富だった。

装飾品のごときろうそくもあれば、実質本位で、［使い捨て］の品もある。

そういうなかで、［京ろうそく］ともよばれる西楼の絵ろうそくは、飾り物としての価値と、高品質との両方をかねそなえていた。

上質のはぜを材料に使い、芯を入れた型にろうを流しこんで作るのではなく、一本一本、芯にろうを手で塗り重ねて作る。おかげで、長持ちすると評判なのだ。

「絵柄もすてきでね。西陣《にしじん》織りや友禅《ゆうぜん》染めの模様だの……葵《あおい》祭や祇園《ぎおん》祭の様子が描かれたものまであるのよ」

上方《かみがた》の人気絵師が描いた画を下絵にしているそうで、

「おみつちゃんと同じ年ごろの娘さんや、商家のおかみさんたちが目のいろを変えて、店内に群らがっているんです」

と、お香が言う。

新柄の品が発売されたときなどは、店の外にまで行列ができるほどらしい。

「おれも聞いたことがある」

と、万馬が口をはさんだ。

「町の噂を耳にして、旗本や御家人《ごけにん》、江戸屋敷にいる諸大名家の奥方やお女中衆も、何とか手に入れようと、躍起《やっき》になってるってえじゃねえか」

西楼はまた、問屋を介さず、提携をむすんだ少数の職人からじかに商品を買い入れることでも知られている。

そのぶん、安いかというと、そうではない。何しろ、手間がかかるのだ。

他のろうそくの五倍から十倍の手間隙《ひま》が要る。

そして職人には惜しまず労賃をはずむから、いきおい小売りの値段は高くなる。

「一本が米一升分」

という、ろ、う、そ、く、さえもあるほどだ。

言ってみれば［高峯《たかね》の花］で、とても下々《しもじも》の者には手が出ない。

ところが、であった。

西楼のろうそくの評判に目をつけた者があって、いつのまにか、贋物が出まわりはじめたのだ。

街なかをねり歩くぼて振りや、風呂敷包みを背負った行商人が街角や長屋の木戸口などで女子衆《おなご》をよびとめて、販売する。

さらには、各武家の女中部屋への出入りをゆるされた小間物商が、

「室町の西楼が、売れ残った品物を流してくれましたもんでね」

などと言っては、売りつける。

そのうちに大手の問屋でもあつかうようになり、街なかの普通のろうそく店、さらには雑貨や小間物などを商う店の棚にまでもならぶようになった。

買う側でもしかし、

（どうも、これは怪しい）

と思いはするのだが、見た目にはほとんど変わらないし、何しろ格安なだけに、つい買いもとめてしまうのである。

じつは、おみつもお香も買ってみたことがあって、口々に言う。

「ちょっと見たぶんにはいっしょでも、よく見ると、色がかすれていたり、あせていたりして、まがい物だとわかるのよね」

「それに、本物とちがって、あっという間に燃えつきてしまうんですよ」

そうした粗悪品ばかりが急速にひろまってしまい、西楼側も苦情を訴えた。

こうなると、公儀としても見すごすことができなくなり、とうとう捜索に乗りだしたのである。

直接に売った者も、捕まれば、むろん罪に問われる。

しかし、彼らは数が多いのにくわえ、

（お上《かみ》がしらべだしたとあっては、危うい）

と見て、たちまち販売をやめてしまった。

容易に尻尾《しっぽ》をつかませず、売り買いの現場を押さえることも、困難だった。

そこで、贋ろうそくの調査・探索をまかされた中山らの町方役人は、

「根もとを断つ」

ほうに方針をしぼりこんだ。

小売りの商人たちに贋物を流した問屋、そして製造元を見つけだし、捕縛に踏みきったのだ。

「どうやら新平さんたちも、その贋物作りの一味と疑われたようなんですよ」

お香が告げ、おみつが大きく首を横に振って、

「おかしいわよ、そんなの……絶対に何かのまちがいよ」

「そう思いてぇがなぁ」

額に手をあてて、万馬がため息をもらしたとき、

「もしかして……」

文太夫がつぶやいた。

「新しい仕事があるってのは、そのことだったのかなぁ」

「そのことって……文太夫さん、贋ろうそくを作ろうって話かね」

「いや、くわしくはまだ明かされていなかったんだが……」

万馬が聞きつけて、
文太夫はただ、新たな［手内職］を手伝わないか、と誘われていた。

「用事があるってのは、その件だったんで？」

「ふむ。朝方、訪ねていったんだが、いなかったもんでね……でも、ひょっとして、こんなことをしてはまずいと思い、その相談がしたかったのかもしれない」

いずれにしても、文太夫はまだ何も知らされてはおらず、返事をしていなかった。

「そいつはまぁ、不幸中の幸いってもんだ」

「よかったですね」

とは言ったものの、みなの表情はすぐれない。

新平もおちかもしっかり者で、ともに、

「身持ちのかたい夫婦」

である。おみつが言ったように、

（何かのまちがいだろう）

とは思うけれど、彼ら二人が今後どうなるのか、心配でならないのである。

ちょっとのあいだ、一同は口をつぐんだが、

「それにしても……」

気まずい沈黙を破るようにして、万馬が声を出した。

「何で中山の旦那は、新平たちを隣の佐賀町の番屋に連れてったのかね」

「そういやぁ、そうだな」

と、源三郎。あまりに矢つぎ早に、いろいろなことが起こるので、ついうっかりしていた。が、今さらながらに、

（おかしな話じゃないか）

と、彼は思った。

町域が狭いだけに、小規模ではあるが、ここ堀川町にも自身番屋はあった。朝夕など、ほとんど毎日、おみつも子分の健太や伍助《ごすけ》とともに顔を出しているのだ。

「だいたい、うちの長屋の者をしょっぴくってんなら、大家の安蔵さんに挨拶し、おみつちゃんにも一言あって、しかるべきだろうがよ」

「女目明かしだと思って、馬鹿にしてるんですかね」

お香の言葉に、万馬や文太夫も相づちを打ち、当のおみつもちょっと気色《けしき》ばみかけたが、

「いや、ちがうな」

と、源三郎が片手を振った。

「この長屋のみんなの仲がよく、結束がかたいことは、かねがね黒米さんに聞かされて、中山さんも承知しているはずさ」

「それで、おみつちゃん、情にほだされて、目明かしとしての見当が狂う、と……」

「そういうことさ、たぶんね」

「中山の旦那らしい配慮だな」

それでもなお、おみつの機嫌は直らない。むっとしたままでいる彼女に向かい、源三郎は言った。

「おみつちゃん、ここは一つ、おめぇが先頭に立って、真相をたしかめりゃあいいじゃねぇか……きっちりと、しらべてよ。中山さんの鼻を明かしてやるんだ」

「まかしといて、源さん」

小袖《こそで》の胸もとをぽんとたたくと、おみつはようやく頬をくずしてみせた。

五

新平とおちかの夫婦は、翌日になっても長屋にもどってはこず、翌々日にも帰宅はしなかった。

この間に、堀川町の番屋当番でもある信濃屋の安蔵が、隣町の自身番屋を訪ね、

「新平たちは、もう佐賀町の番屋にはいねぇ」

と確認し、その報告を源三郎やおみつら、おけら長屋の住人たちにもたらした。

「それでは……」

と、安蔵は、新平ら夫婦がどこへ連れていかれたのか、しきりと佐賀町番屋の当番

にかまをかけて聞きだそうとしたが、

「さてね」

首を捻るばかりで、はっきりとした返答をしない。

「どうやら、本当に連中も知らされていねぇみたいだな」

定廻り同心の中山金吾が、だれにも知らせずに独断で茅場《かやば》町の大番屋か、もしくは数寄屋《すきや》橋北詰の南町奉行所に連行してしまったようである。

いくら何でも、早々に吟味《ぎんみ》をすませて、小伝馬《こでんま》町の牢屋に送りこんだとは考えられない。

「まさか、な」

「……となると、奉行所内の仮牢にでも閉じこめられているのか」

いずれにせよ、その段ではもはや、番屋につめる町役だの目明かしだのの手には負えなくなる。

そこで源三郎は、みなには内証で［奥の手］を使った。例によって、

［家紋入りの肩衣《かたぎぬ》に半袴《はんばかま》］

という武家の略礼服姿で、南町奉行所を訪ねていったのだ。

このときはしかし、まだ実兄の町奉行・筒見和泉守《いずみのかみ》政則こと総一郎に会うことまで

はしなかった。

自分やおみつらの内偵が、さほどに進んではいなかったからである。

源三郎はまず、昵懇《じっこん》にしている黒米徹之進を何とかつかまえて、贋ろうそく作りの一件がどうなったのかを、聞きだそうとした。

ついで、彼ら同心や並みの与力を統括し、兄・総一郎の「懐刀《ふところがたな》」でもある筆頭与力の大井勘右衛門に面会した。

予期されたとおり、黒米も大井も別件、すなわち連続して起こった「辻斬り事件」の探索で、おおわらわ。多忙のきわみにあった。

「贋ろうそくについての取りしらべは、ほとんど中山さん一人の手にゆだねられてありますからなぁ」

黒米自身、新平らを知るだけに、すまなそうではあったが、彼が言ったのは、それだけである。

大井もまた、直接にはまったく関与していないが、

「事にかかわったと思われる職人たちが多数捕らえられ、当御番所の仮牢に収容されておる模様……」

との報告はうけているという。

案の定、であった。

辻斬りの件は「容疑者の特定」どころか、いまだ何もかも白紙の状態で、いっこうに捜査は進展していない。

くわえて、他の案件も山積《さんせき》されており、贋ろうそく作りに関する吟味は、手つかずのままにひき延ばされている。

が、仮牢に拘置《こうち》はされているものの、

「職人たちの身に、つつがはないようでござる」

そうと聞かされて、一安心。源三郎としても、わざわざ旗本・空木家の紋付きをまとって、奉行所まで来た甲斐《かい》があったというものではあった。

一方、おみつは信濃屋の給仕のほうは千春姐さんにまかせて、この一両日、下っ引きの健太や伍助とともに、

「何故《なにゆえ》、贋ろうそく作りがくわだてられたのか」

を知り、かつまた、

「首謀者はだれで、黒幕はいないのか」

をさぐるべく、江戸市中を駆けずりまわった。

むろん、おみつは新平らの無実を信じていたし、それを立証するためでもあった。が、目明かしの立場からしても、真相や実態をつきとめずにはいられない。

最初におみつらは、日本橋本銀町《もとがね》にある［吉兆屋《きっちょう》］の周辺を洗おうとした。

吉兆屋は日本橋でも有数のろうそく問屋だが、西楼のろうそくが好評なのに目をつけて、その製法を盗み知り、模造品をつくることにした。

それも大量生産をもくろみ、手下《てか》の［元締め］に言いつけて、市中の職人らに、

「いっせいに、まがいものを製造させよう」

とはかった。

その吉兆屋の番頭数人と古株《ふるかぶ》の手代らが真っ先に捕まり、ついで職人らに仕事を発注する元締めにも司直《しちょく》の手が伸びた。

おかげで、新平やおちかなど、末端の職人たちまでもが連行され、奉行所内に拘禁《こうきん》されてしまったのである。

だが吉兆屋の主人は、この件に関与していないことが判明。

他の一人二人の番頭も、このころ長期出張や、病んで自宅療養するなどしていて、加担していないことがわかり、放免された。

だから、いまも店だけは開いている。

主要な幹部が捕縛されたために、ほとんど機能不全ではあるものの、若手の手代や丁稚《でっち》などをかきあつめて、昔から取りあつかってきた［既成のろうそく］をほそぼそと卸《おろ》しつづけているのだ。

おみつや健太らは、それら残った者たちの一人一人にあたっては、

「何か知っているのではないか」

と、さぐりを入れてみたのだが、何分にもみな［小者］にすぎた。

このたびのくわだてについては、埒外《らちがい》におかれていて、いっこうに要領を得ない。

ただ、

［白鷺の銀次ゆずり］

というべきか、おみつは、源三郎にも増して勘がいい。

何とか手づるをつかみ、捕縛をまぬがれた老番頭、そして、

「これまで商いのことはすべて、番頭まかせでいた」

という主人にも会ってみたすえに、

（どうも、これは西楼の側に何者か、贋ろうそく作りにかかわった者がいるのではないか）

との感触を得た。

そこで、こんどは室町の西楼のほうをさぐってみることにしたのである。

おみつが、［西楼］ではたらく小間使いの老婆から話を聞いたのは、その近辺に張りこんで三日目の夕方のことだった。

たんに張りこむだけではなく、おみつらはこちらでも、なるべく多くの者にあたっては、聞き込みをつづけた。

その老婆——おときのことを知らされたのもこの朝、西楼のならび、三軒ほども隣にある紺《こん》屋の手代の口からである。

それによれば、

「先代さんのころからいる古い小間使いだ」

そうで、すでに齢七十を超え、

「少々ぼけちゃあいるが、西楼さんのことや、ろうそくについては、何でもよく知っているよ」

という。

髪は真っ白で、痩身《そうしん》で小柄、

「にわとりのように、眼鼻が飛びだしている」

との容姿まで聞きだして、おみつらはひねもす、おときが店の外に出てくるのを待った。が、小間使いとはいえ、老齢である。

めったに、買い物などの外出はさせられないでいるのだろう。なかなか姿をみせず、健太や伍助と三人して、ちょっと苛立《いらだ》ちかけたころに、ようやく使用人とおぼしき老婆が一人、店のわきの木戸から出てきた。なるほど、

［典型的なにわとり顔］

である。

風呂敷包みを小わきに抱え、帰り仕度と見えたが、彼女は桶《おけ》町に住む娘夫婦と同居している。そこに向かうところのようだ。

あとを追い、よびとめて、

「お上のご用です」

と、正直に明かした。

怪しんではいない様子だが、念のために、健太のほうをふりむき、

「十手を出してちょうだい」

「へい、お嬢さん」

うなずいて、健太は、おみつから預かって懐中に忍ばせておいた白房の十手を取り

だし、彼女に手わたした。

「……ご存じでしょう、西楼さんのろうそくが真似られて、贋ろうそくとして出まわったという一件」

「ああ、あれね」

おときは、こくりと顎をひき寄せて、

「でも、犯人たちは捕まったんでしょう」

「捕まりはしましたが、まだ真犯人かどうかはわからない……事の真相というか、顚《てん》末《まつ》をしらべているんです」

「………」

おときは、いくらか戸惑ったような表情をうかべた。

「よろしかったら、いっしょに、このさきの紅梅《こうばい》に行きませんか」

「紅梅」は、この界隈では名の知れた団子《だんご》屋である。おときがそこの団子に目がなく、

「しじゅう立ち寄っているらしい」

と、これもおみつは、紺屋の手代から聞きこんでいた。

「……紅梅でお団子をつまみ、お茶でも飲みながら、お話を聞かせてくださいな」

おみつが言うと、おときは前歯のそっくり抜けた口をあんぐりと開けて、大きく笑ってみせた。

六

前歯こそは欠けていたが、両側の歯はまだ丈夫らしく、おときは串をつかむと、器用に団子を口に入れ、いかにも美味《おい》しそうに食べた。

たちまち一串をたいらげてしまい、湯呑みをかたむけて、お茶をすすると、

「あんた、おみつさんていったかねぇ、ろうそく一本つくるのに、どれだけ大変な手間がかかるか、知ってるのかい」

問うてくる。

「いえ、くわしいことは……」

おみつは首を横に振った。

「そうだろうねぇ」

また少しお茶を飲み、

「長持ちするろうそくはさ、ほかの安いろうそくとは材料もちがえば、作り方もちがってるんだよぉ」

告げると、二串目の団子を口にしながら、おときは西楼専属の職人の、

［ろうそく作りの工程］

を語りはじめた。

「最初にほら、竹の串に紙を巻いて、仮りの芯をつくるのよ……本当の芯は畳表《たたみおもて》なんかにも使ういぐさね。あれを巻きこんでおいて、ろう付けがすんだら、さっきの串は抜きとるわけ」

肝心のろうのほうは、はぜの実から採ったものを鍋で煮て溶かし、適温にたもたせる。

「それでさぁ、こっちの右の手で串をぐるぐると回しながら、左手にちょいちょいってて、ろうをつけてね、塗っていくわけよ。ろうが固まったら、また塗る……それを何度もくりかえすんだから、たいへんよぉ」

じっさい、そうやって作られたろうそくを横に切ると、樹木の年輪のように、いくつもの層になっているという。

「仕上げに白ろうを塗ってね、これが上掛け……それから顔料《がんりょう》で絵を描くでしょ。

そのあと顔料がはがれないように、もう一度上掛けするの」

聞いていて、面白くないこともないが、事の核心からは離れているし、おみつが知りたいことからも微妙にずれている。

「つまんない？」

ふいに訊いて、

「つまんないだろうねぇ」

と、自分で応える。

「でもね、あんた。うちの職人さんたちは、ほかとでは年季もちがえば、根性もちがう……半端な作り方は絶対にしないんだからさぁ」

「それは……」

言いかけて、おみつは口をつぐんだ。が、弁明といおうか、言い分がわいた。

たしかに、西楼の職人とは異なるかもしれない。しかし、新平も変に中途半端なことは嫌うたちの職人だ。
一、二度だけだが、おみつは新平とおちかの住まいで、彼らの作業を見たことがある。
他の工程はどうだったかは覚えていない。が、ろう型に入れたりはせずに、きちんきちんと芯にろうを手で重ねてつけていったように思う。

だいいちに、新平は一徹な性格で、ときに、

(頑固にすぎる)

とさえ思われるほどだ。

まがったことはしないし、できもしない。

(やっぱり、あの二人は無実だ)

おみつは確信を抱いた。そのとき、

「えらく景気がいいんだよぉ」

突然におときが口にした。

「えっ、何のことです、おときさん」

「番頭の安次郎さんさ」

「……安次郎さん?」

訊きかえしたが、すぐにわかった。西楼の番頭や手代の名前は、伍助がすべてしらべて、おみつに報告している。

安次郎は力をもった番頭だが、筆頭ではなく、次席格と目《もく》されていた。

それにしても、

［話が飛びすぎ］

である。

一見しっかりしているようにも見えるが、あの紺屋の手代が言ったように、たしかにおときは、ぼけているのかもしれない。

「今日は安次郎さん、どこぞへ出かけていて、いなかったけどねぇ、いっつもご馳走《ちそう》してくれるんだよぉ」

「お団子を、ですか」

「そりゃあ、あんた、こんな団子ばっかじゃないよ。そばだのうどん、天婦羅《てんぷら》、たまにゃあ鰻《うなぎ》屋なんかにも連れてってくれるんだ」

「へぇ」

「おや、あたし、何かあんたに、いけないことを言ったかねぇ」

「いえいえ、べつに……」

と、おみつは肩をすくめてみせる。

「でも安次郎さん、どうしてそんなに景気がいいんですかね」

「知らないよぉ。ただ……」

「ただ？」

「何かで儲《もう》けたんだねぇ、富くじか丁半《ちょうはん》か……米相場みたいなものかもしれない」

「賭け事がお好きなんですか」

「そんなことはないよ」

ちょっと怒ったような顔つきになった。が、ふいにまた、おときは頬をくずして言う。

「安次郎さんはねぇ、どこかの大名家のえらーいお武家さんとまで、お付き合いしているみたい」

おみつは、おもわず健太と顔を見あわせた。どんどん話が変わっていく。世にいう「まだらぼけ」というやつか、まともには聞いていられそうになかった。

「美味しいねぇ。ここの団子ほど、美味しいものは、ほかにないね」

こんどは、そうつぶやいている。

いずれにしても、見えてくるものがあった。

西楼の次席番頭の安次郎である。

目のまえにいるおときは老人特有の「ぼけ」がはいって、話が飛び、どこまで信じていいのかはわからない。

けれど、安次郎が怪しいことは確かだった。少なくとも、贋ろうそく作りのくわだ

てに、

（一枚噛んでいるようだ）

と、おみつはにらんだ。そんなおみつをよそに、

「団子はいつごろから、あるものなのかねぇ」

おときはまだ団子の話をつづけていた。

さて、そうして西楼の安次郎に目星をつけ、そこから新たに、

（事を解きほぐしたい）

と、おみつは願ったが、ろうそく問屋［吉兆屋］の重役衆や元締め、職人らまでが捕まって、用心をしているのか、安次郎は容易に尻尾をつかませない。

いずれは、遅れている詮議《せんぎ》がはじまり、それら容疑者の口から、安次郎の名が出ることも考えられる。

が、しかし、その点に関しては、安次郎が心配したり、動揺したりしている様子はなく、今のところ、

（逃亡しよう）

とも思ってはいないようだった。

そうなると、おみつらの探索は行きづまり、［張り込み］も［尾行］も、まるで意味をなさなくなってしまう。

（困ったな……何か打開策がないものかしら）

おみつは思案に暮れたが、何とも思いがけない方向から、打開の光明がもれてきた。

それは……。

お香であった。

「最近、変なお弟子さんができたのよ」

と、これはだいぶまえに言っていたことである。

当初は、どこのだれとも名のらずにいて、ただ、おけら長屋のお香のもとに、

［半年分の謝礼金］

を持ってきた。正確には、部下の手代に、

「持ってこさせた」

のだった。

つまりは、日本橋あたりのしかるべき大店《おおだな》の番頭か手代頭《がしら》というふうで、恰幅《かっぷく》はよく、身につけているものも上物のつむぎときている。

三味線の稽古も、長屋のお香の部屋に通ってきてやるのではなかった。昼のあいた時間帯の貸し座席とか、大川や小名木川《おなぎ》、仙台堀ぞいの舟宿の一室などを借りておこなう。

もちろん、それらの支払いは、その［新弟子］の負担で、お香の往復の駕籠《かご》代や舟代なども持つ。

「舟宿だなんて……お香さん、ずいぶんと危なくはありませんか」

おみつが言ったが、お香は平気な顔でいる。

「大丈夫よ。いまんとこ、無体《むたい》な真似はしてはこないし、万が一のときには、うまくいなしてしまうから……」

そういえば、たしかにお香はもともと地元・深川の芸妓《げいぎ》であって、男衆のあしらいには慣れている。

顧客だった商人に見そめられて、一度は後家《ごけ》として嫁《とつ》いだが、先方の家族との折合いがわるく、離別して、おけら長屋に住みついた。

（今さら怖いものは何もない）

まさに［伝法肌《でんぽうはだ》］の勝ち気な性分が、そこはかとない色気とないまぜになっている。

相手の新弟子も、肝心の三味線よりもむしろ、そんなお香にひかれたようで、しだいに稽古には身を入れなくなる。そのうちに、早く稽古をすませて、

「いっしょに飲もうではありませんか」

と言ってくるようになった。

それを、お香のほうでは、

「そういうつもりで、伺っているのではござんせん」

あくまでも［師弟］である、と断わりつづけている。

以前に、おみつが聞かされていたのは、そこまでだった。

最初の稽古の日に［安次郎］とだけは明かしたらしい。が、よくある名前だし、おときの言ったのと一致しても、おみつとしては、べつに気にも止めないでいた。

ところが、である。——

その後もお香は、安次郎の申し出をやんわりと断わっていたが、つい昨日、稽古が終ってから、

「……先生は、室町のろうそく店・西楼をご存じで？」

突然に安次郎が訊ねてきた。

「もちろんです。あそこの絵ろうそくは、たいそうな人気ですもの」

ふっと安次郎は短く笑ってみせて、

「わたしは先生、その西楼で番頭をしているんですよ」

とうとう打ち明けたのだった。

いくど誘っても、お香が打ちとけて、酒の相手をしてくれないのは、

（自分が素姓を明かさないせいか）

と思ったのである。

（あっ）

内心で、お香は叫び声をあげた。かすかながら、驚きの表情もうかべていた。

同じ長屋に暮らす新平とおちかの夫婦が捕縛されたのを最初に耳にし、みなに知らせたのは、お香である。

二人を助けたい思いはだれともいっしょで、おみつにも負けてはいない。そのおみつから、

「西楼の番頭の一人が、事にかかわっているようだ」

と、お香は聞かされていた。

しかも、であった。もっとも怪しいのは、

「次席番頭の安次郎よ」

おみつは、そう言っていたのだ。

こうなれば、まちがいはない。

（あの安次郎は、この安次郎）

なのである。

お香はその夕《ゆうべ》、安次郎の酒につきあうことにした。ともに飲みながら、

（聞けるだけのことを聞いて、おみつちゃんに知らせよう）

ともくろんだのだ。

安次郎のほうでは、そんなこととは露《つゆ》知らない。

［評判の老舗《しにせ》の番頭］

これが利《き》いたのだろう、と思いこみ、

（今の今まで正体を明かさずにいたのが、かえって良かったか）

などとまで考えている。

二人が三味線の稽古場にしていた富岡橋近くの舟宿は、当然のことに、酒も料理も出した。

ずっと自分を袖にしていたお香が、ようやく相手をしてくれるのだ。安次郎は上機

嫌でいて、

「酒も肴《さかな》もあるだけ持ってきておくれ」

そんな調子で杯を重ね、一ツ刻（二時間）とせぬうちに、はや酩酊《めいてい》しはじめていた。

もとから赤く血色のいい顔を、いっそう赤らめ、ろれつのまわらなくなった口で、

「先生、いや、お香さん。だいぶまえに、わたしは連れ合いを亡くしましてね」

それからは独り身《ひとみ》でいる、と言う。

「あら、お気の毒に……」

「そう思うなら、お香さん、どうです、わたしんとこへ来てはくれませんかね」

「まぁ、ご冗談を」

「冗談なんかじゃあ、ありゃしない。わたしは一目見たときから、おまえさんに

……」

ほの字だ、夢中だ、などとつぶやきながら、安次郎は二人をへだてた座卓をまわりこんで、お香のそばに寄ってくる。

「手前《てめえ》で言うのも何ですがね、気楽な身分だ。面倒をみなけりゃならぬ親もいなけりゃ、子もいない」

「二人きりで暮らせる、と？」

「そのとおり。おまけに銭なら、たんとある……」

（ここだ）

と、お香は相手の顔を見つめた。両側に張りでた頬がてかてかと光っている。

「さすがは西楼さん……そんなに、ご給金がいいんですかねぇ」

「わるかない。わるかないが、それだけじゃない」

「……何か？」

「ちいとまとまったお金がはいったんですよ、黄白《こうはく》がね」

「へぇ。何を、どうなすったんです？」

うっ、と一瞬、喉に物がつまったような顔をして、安次郎は口をつぐんだ。

それは、そうだろう。簡単には明かせまい。

が、そのあたりはお香、元芸妓だけに、お手のものであった。

さりげなく胸もとをはだけ、あだっぽい眼で上目づかいに安次郎を見やると、

「まぁ、安次郎さん、とにかく、ご一献《いっこん》」

酌をする振りをして、しなだれかかる。

「何だ、お香さん、あんたもだいぶ酔うたようだね」

言いながら、お香の肩を抱こうとする。その安次郎から、こころもち身をひくようにして、

「……それで？」

「ん、ああ、金かね」

すでにして、安次郎に警戒のいろはない。むしろ彼は得意満面となって、大枚を手にした経緯《いきさつ》をお香に語ってきかせた。

安次郎は、ろうそく問屋［吉兆屋］に向けて、長年つとめた［西楼］の独特の商法に、ろうそく作りの秘伝、さらには、

［京から送られる流行の絵柄］

の下絵までも、手ずから紙に写しとって送りとどけた。

それをもとに、吉兆屋が町のろうそく職人の元締めに贋物作りを依頼したというわけだが、

「大儲けするのは目に見えていたからね、前渡しでお代を頂戴《ちょうだい》した、とまぁ、こういうことですよ」

「もしやして、それは……」

悪事であり、犯罪である。

そしてじっさい、その件にかかわった吉兆屋の番頭や元締め、新平夫婦ら職人たちまでもが捕縛されたのだ。

お香ですらも知っている事実であり、よもや当事者の一人たる安次郎が、

（知らぬはずもない）

のだが、お香はとぼけてみせることにした。

「ばれたら、安次郎さん、お上に捕まってしまやしま……」

と、お香がみなまで言わぬうちに、

「ばれやしませんよ、絶対に」

「えらい自信ですねぇ」

お香は小さく笑って、

「また、どうしてです？」

「わたしが直接かかわってはいないからですよ」

それこそは名前も身分も明かさずに、

「覆面《ふくめん》のかたち」

で、先方と交渉したのだという。

「おときというのだが、ふるくからいるうちの小間使いを使ってね、すべてのやりと

りをすませたんです」

「文《ふみ》や図面をとどけさせて？」

「はい。そのおとき婆さんは何も知りやしないし……だいぶ、ぼけてもいますのでね」

習性になっているから、言いつけられたことはきちんとするが、し終えたさきから忘れてしまう。

「たとえ捕まって、吟味にかけられたとしても、きっと何もかも忘れちまって、しゃべりゃしませんよ」

笑顔をよそおったまま、安次郎の話を聞きながら、心のうちでお香はつぶやいていた。

（ひょっとして、ぼけているのは安次郎さん、あんたじゃないの）

七

お香の口から、安次郎が語ったことのすべてを聞いたおみつは、源三郎にそれを伝えた。

いつものように、源三郎は帰宅まえに信濃屋に立ち寄ったところで、晩酌し、そばを食べるつもりでいたが、

「よし、わかった」

と手を打って、

「それじゃあ、ひとっ走り行ってくらぁ」

「中山の旦那んとこへ？」

「馬鹿言っちゃいけねぇ。あん人んところへ行ったりすれば、巧くいくはずのことも巧くいかなくなっちまう」

黒米の、と口にしかけて、源三郎は、

「いや、もう、このさいだ。大井の旦那のほうがいい……筆頭与力の大井さまのお宅へ押しかけてくわ」

告げるや、外に飛びだし、そのまま日本橋は八丁堀《はっちょうぼり》の大井勘右衛門の屋敷へと向かった。

翌日、数寄屋橋の南町奉行所におもむくと、前夜の打ちあわせどおり、源三郎は大井の供人《ともびと》の格好で、彼の御用部屋に上がった。

待つほどに、特別に仮牢から出された新平とおちかが、下役に連れられて姿をみせ

た。

言われたとおり、新平らが下座に坐ると、

「両名、頭《こうべ》をあげよ」

大井が告げる。

顔をあげ、その大井のかたわらにいる源三郎を見て、二人はびっくりしたが、

「ここな源三郎は、お奉行のゆるしを得て、今日だけ、わしの手下の者ということにしたのじゃ」

大井が言い、源三郎は二人にだけわかるように片目をつぶり、かすかに笑ってみせる。

「あまりに熱心に、おまえたち夫婦の無実を主張するのでな」

「ありがたいことで……」

つぶやき、新平は眼に涙をうかべている。

奉行自身か、大井のような奉行所幹部の身内でもなければ、そんなことがゆるされるはずもないが、大井も源三郎もそれは口にせず、新平らのほうも想像だにつかない。

「さて、と……何故におまえたちがお縄にされたのか、事情を聞こうか」

「それは中山さまから、お聞きおよびでは……」

「ざっと報告をうけてはいるが、こたびは捕縛された者の数が多いでな、個々については細かく知らされてはおらぬ」

「はい。それでは……」

と、神妙な面持ちで新平は語りはじめる。

元締めから、こんどの注文をうけたとき、過分に手間賃が高いことを知って、

(こいつはおかしい、何かある)

とは新平らも思った。だが、彼ら夫婦としても貧しく、いくらでも金はほしいし、

「元締めが、いつになく執拗《しつよう》に頼んでくるもので……」

まさか［悪事］とは知らずに、見本用として注文どおりの品を二、三本つくってみた。

型にろうを流しこめば、簡単につくれることはわかっていたが、

(そんな真似はできねぇ)

と、昔ながらの製法で一本ずつ、芯にろうをつけていった。

完成間近になって、

「あんた、これは評判の西楼のろうそくとそっくりじゃないの、とこいつが言うもん

でね」

と、新平はわきのおちかのほうに眼をやる。

うなずいて、おちかがつづける。

「やめようよ、とあたしが止めたんです」

二人して相談したうえで、納品はひかえることにし、

「これ以上はけっして作らねぇ」

と、新平は誓いを立てたのだという。

しかし、時すでに遅かった。

そのころにはもう、中山金吾が動きはじめていて、

（問屋の吉兆屋が怪しい）

とにらんだ。そこから［足］がつき、元締めと傘下《さんか》の職人のすべてが捕縛されたもので、これは中山の報告にもある。

新平らはさらに言葉を重ねた。

「まさか、こんなことになるだなんて……」

「田所の旦那に手伝ってもらわないで、よかった……それが、せめてもの救いですよ」

と、おちかはまた眼を赤くしている。

文太夫自身が言っていたとおり、具体的な仕事の内容までは知らぬものの、彼も加勢を頼まれていたのである。

いつもより手間賃が高いだけに、

(もしや、いい話なのではないか)

と、もちかけたというのだ。

「坊ちゃんに勉学をつづけさせるのに、銭が要ると、かねがねおっしゃっていたもので……」

「田所さんの次男の章之助くんのことだね」

源三郎が口をはさむ。へぇ、と新平は顎をひき寄せて、

「あっしらには子がいねぇ。だから、よけいに章坊らのことを気にかけていたんです」

「相《あい》わかった……もう、よい」

大井が言った。

「苦労だが、いましばらく仮牢にはいっていてもらう。ただし……」

と、源三郎の顔を一瞥《いちべつ》し、

「まもなくお白洲《しらす》での詮議がはじまり、お奉行の裁きがくだる……そのおりにはまた、正直に答えよ。いま申したとおりにな」

そう大井は言いそえた。

そのあとで、源三郎は大井とともに、奥の書院にいた奉行の総一郎政則と会い、かいつまんで新平らの話をした。

「兄上、大事つづきでご繁忙《はんぼう》なのはわかりますが、何とぞ、贋ろうそく作りの一件、早急にご詮議を……」

そういう実弟の源三郎に、つねと同様、やさしい眼差しを向けて、

「わかっておる。今朝方、この大井からも催促《さいそく》をうけたばかりじゃ」

総一郎は応えた。

「だが、そなたもむろん存じておろう、世間をさわがす辻斬りのこと……そこかしこで起こっておるというに、まだ何の目星もついてはおらぬ」

「そのことなら、微力ながら、わたくしめもひそかに」

「さぐってくれておる、とな」

「はい。ちょいと心当たりも……」

と言いかけて、遠野道場にたむろする浪人たちの姿が頭にうかんだが、

（まだ、おのれの直感の段階にすぎない）

思いなおし、言葉をひかえた。

黒米らを使って、必死に探索をつづけている大井の手前もあった。

［湯屋］にまつわる事柄ならばともかく、一般の事件に関しては、源三郎は、あくまでも裏で動く奉行個人の［密偵］にすぎないのである。

「ともあれ、兄上。ここは一つ、新平夫婦のことを、さきに片付けていただかねばなりませぬ」

「ふむ。新平とやら、貴様のともがら、と申したな」

「いえ、まぁ、同じ長屋の住人仲間にすぎませぬが、もともと一本気で、まがったことはいっさいせずに通してきた男でござりますれば……」

その新平になりかわったかのように、源三郎はその場にひれ伏してみせる。

苦笑して、総一郎は、

「源三郎、兄を信ぜよ」

ぼそりと言った。

「貴様が善人だと申しておるのじゃ。まちがいはなかろう……わしとても、わるいよ

うにはせぬ」

「ありがたき仕合わせ」

本気で告げて、源三郎はいったんあげかけた頭をあらためて深々とたれた。

源三郎が南町奉行所へ行っている同じころ、この［贋ろうそく作り］の一件担当の中山と、黒米を中心とした捕り方が、室町の［西楼］へとくりだし、次席番頭の安次郎を捕まえた。

容疑は、

［ろうそく問屋・吉兆屋への情報供与］

であり、［参考人］として、西楼の小間使い・おときも奉行所へ連行され、取りしらべを受けた。

彼らの詮議はまだしばらくつづくことになったが、さきに捕縛された吉兆屋関係者と元締め、これと取り引きのあった職人たちへの吟味は終了。奉行の裁定もなされた。

問屋すじや元締めらには、かなり重い罪が科されたが、おおかたの職人たちは微罪ですみ、ことに新平らは、

「すでに五日間も入牢している」

ということで、実質的には、

「お咎《とが》めなし」

とされ、刑罰を免除されたのである。

その新平とおちかの夫婦が、無事おけら長屋へともどった晩、表店の信濃屋をかりきって長屋の住人一同の寄り合いがもたれた。

むろんのことに、新平ら二人の、

「出所を祝っての宴《うたげ》」

である。

暦はすでに二月なかば——新暦ならば、三月の下旬にはいった。

梅は咲いたが、桜にはほんの少し早い。

ただ、長屋の木戸のすぐわきにそびえる桜樹の蕾《つぼみ》はふくらみを増し、ほんのり紅くいろづきはじめている。

「新平さんたち、あともう五、六日も遅くに出てくれれば、お花見も兼ねられたのによお」

入れ込みの座敷のまんなかに陣どった、ぼて振りの六助が、隣の万馬相手にしゃべっている。

「馬鹿言うんじゃねぇよ、六。そりゃ、牢屋なんざ、一日でも早く出られるに越したこたぁねえのさ……なぁ、新平におちか」

「……そのとおりで」

と、新平は頭をかいた。飲めない酒を無理に飲まされて、顔中真っ赤になっている。

「しかし、そのことに関しちゃあ、源さんにお世話になっちまって……」

わきで、おちかが相づちを打って、

「ほんと、源三郎さんが手をつくしてくださらなきゃ、それこそ、あたしたち、花が散るまで、ここへもどれませんでしたよ」

「なに、源の字、おめぇ、大井の旦那あたりに袖の下でも渡したんかい」

水を向けてくる万馬に、手にしたぐい呑みをかざして、

「おっしゃるとおりで……」

笑いかえし、

「それよりも、お手柄はおみつちゃんと、お香さんだ」

うまく話題を切り替えた。

「ろうそくの製法を盗まれた西楼のほうにも、この件にかかわったやつがいるって、突きとめたんですからね」

「あら、源さん。あたしの場合は、ただの偶然……たまたま、犯人が弟子になったにすぎませんよ」

「ふむ。それにしても、おとき婆さんには驚いたね」

「お白洲に坐ったときには、ぼけてなかったんですって？」

と、おみつ。源三郎は小首をかしげて、

「ああ。おのれが安次郎に頼まれてやったことを、洗いざらい、しゃべっちまったそうだ」

もっとも、おときはそれが［悪事］だとは気づかなかった。だから彼女も、無罪放免となる可能性は高い。

「これがしかし、いったんお白洲を離れると、こんどは手前が詮議の場で何をしゃべったのか、忘れてしまう」

「それどころか、何で自分が奉行所なんかにいるのか、教えてくれって、黒米さんらにせがんだんでしょ……えらい婆さんを連れてきたって、黒米の旦那、音《ね》をあげてたわ」

「なるほどねぇ」

とつぶやき、六助がじっと万馬の顔に眼をすえた。

「何だよ、六。気持ちわりぃな、人の顔、じろじろ見つめやがって」

「いえ、万馬さん。あんたも最近、その婆さんに似てきたような……」

「また馬鹿言ってやがる。おれなんざ、修行が足りなくて、まだまだ、おとき婆さんの域にまで達してねぇのよ」

何やら頓珍漢《とんちんかん》なやりとりをかわしているが、それがまたおかしくて、みなが笑った。

が、いっしょになって頰をくずしながら、

(この一件、どうも、このままでは終わらぬのではあるまいか)

ふいと源三郎は思った。

何か、まだ裏がある。というよりも、西楼の安次郎のほかにもだれか、

(これに、かかわっている者がいる)

そんな気がしたのだ。

あるいは、真っ先にこの席に駆けつけてもいいはずの田所文太夫が、いまだ顔をみせずにいる――そのせいもあるのかもしれない。

（何かまた、急な用事でもできたのだろうか）

それとも、と考えて、つい一日二日まえの晩のことを思いだした。

源三郎は留守をしていて、いなかったのだが、深編み笠をかぶった浪人風の男たちが数人、長屋の木戸をくぐろうとしていた。

それを、気丈《きじょう》なお香が眼にして、

「あんたら、何の用なの？」

問いかけた。すると、

「女……邪魔だ」

と、先頭にいた男が肘《ひじ》で彼女の胸を突こうとする。

「何をするのよっ」

そのあと、お香が大声で悲鳴をあげたために、万馬や六助、文太夫父子、女たちまでが、いっせいに家から飛びだしてきて、

「何だっ」

「どうしたっ」

わめきたて、その勢いに閉口したかのように、不審な男たちは逃げ去った。

そのとき文太夫は、

「あの連中は、わしをねらっているのだ」

と告げて、迷惑をかけた、とみなに謝り、簡単に事情を語ってきかせたという。

その文太夫の過去と、いまなお抱えている問題。さらには例の一連の［辻斬り騒ぎ］までが、

（どこかでつながっているような……）

と、これはいつもの源三郎の癖、いや、［勘］であった。

第四章　辻斬り

一

大川にかけられた永代橋《えいたいばし》を、源三郎は霊岸島《れいがんじま》へ向けて渡っていこうとしていた。その霊岸島の各町々を通りすぎて、亀島川《かめじまがわ》を越え、日本橋南の亀島町に着く。すぐ南隣が、町奉行所の与力や同心らが多く住まう八丁堀である。

源三郎が［湯屋守り］――用心棒を託された湯屋組合は、日本橋南と霊岸島の南半分。十数軒の湯屋をたばね、管理している。そしてその詰め所は亀島町の東端に位置し、霊岸島を対岸に眺める亀島川のほとりにあった。

遅い午後のことで、川面《かわも》にはすでに夕陽が差しこみ、向かいの町並みは夕もやにかすんでいる。

詰め所のまえに立って、なにげなく眺めやり、源三郎は、ずいぶんと久しぶりにここへ来たような気がした。

それというのも、組合の世話役のゆるしを得て、

［連続辻斬り事件］

の探索をしているうちに、同じ長屋のろうそく職人、新平とおちかの夫婦が捕縛されてしまったせいだ。

日ごろ親しく交わっていた二人のことである。何よりも優先させて、彼ら夫婦の嫌疑をはらすべく、源三郎は東奔西走《とうほんせいそう》を重ねた。

おかげで、新平夫婦は昨夕、おけら長屋に帰った。

が、その間、源三郎は、担当の湯屋をめぐって歩くことも、ままならなくなった。長らく組合詰め所にも、無沙汰《ぶさた》をつづけていたのだった。

表戸をあけて、土間に立つと、

「おや、空木《うつき》さま」

事務方の乙矢《おとや》が寄ってきた。

自分が採用されたおりの行きがかりと、その後の便宜《べんぎ》もあって、この乙矢と世話役の八右衛門《はちえもん》には、源三郎も正体を明かしている。

が、［空木］の姓でよぶのは、あらたまったときだけで、ふだんは彼らも、通称の［源さん］をもちいる。

いまも乙矢は、一応の挨拶《あいさつ》をすませると、気さくな口調になって、

「源さんを訪ねて、お福さんが何度も参りましたよ」

「お福……おう、井筒《いづつ》の仲居《なかい》だな」

［井筒］は五、六日まえの晩に、田所文太夫とともにおとずれた東湊《みなと》町の料理屋である。

あのおり、源三郎は店の厠《かわや》の近くで行きあった浪人者のことが気になり、その素姓について、何かわかったことがあれば、

「教えてくれ」

と、過分の心付けまで渡して、お福に頼んでおいた。

翌日、遠野道場でふたたび同じ男と出会い、それが、

［ごろつき浪人どもの首領格］

であり、脇坂柳太郎という名だと聞かされた。そうとなって、源三郎は、いっそう井筒での脇坂の言動と、連れの武家のことが知りたくなったのだが、直後に例の［贋ろうそく作り事件］の報がもたらされ、それどころではなくなってしまったのだ。

ために、この数日間は、井筒へと出向く機会もなくすぎた。

それが、お福のほうから、ここまで源三郎を訪ねてきたというのである。

「あんまり足しげく通ってくるので、源さんなら、他に用ができて、しばらく来ませんよ、と言っておきましたがね」

「ふーむ。そんなに何度も……」

うなずいて、雪駄《せった》を脱ぎ、上がり框《かまち》に足をかけようとしながら、

(何か、格別なことがあったのだろうか)

と、源三郎は首を捻《ひね》った。そして、

(今夜にでも、井筒に行ってみよう)

と、そう思ったときだった。

戸口の向こうで、からころという女物の下駄の音がひびいて、止まり、戸があいた。

なんと、当のお福であった。小さくあけた戸のあいだから、ちょっと鰓《えら》の張った顔をのぞかせて、

「今しがた、行きすぎようとしたら、源さんらしい男のひとの声が聞こえたものですから……」

あともどりしてきたのだという。

「ずっと、源さん、お見えになってなかったんでしょう?」

「ああ。しばらくぶりに来た……でも明日からは、またちょくちょく顔を出しますよ」

答えて、ちらと乙矢のほうを見やったのち、

「お福さん、今日はわざわざ、こちらへ?」

「いえ。この界隈にたまたま、ついでがあったんですよ」

ほどなく夕刻の書きいれ時である。これから井筒へ行く、とお福は言った。

「よし、それじゃ、ちょいとそこまで送っていこう」

「あら、源さん。いま、いらしたばかりなのでは……」

口にしかけて、お福は黙った。

源三郎は外で、歩きながら彼女の話を聞くつもりでいる。お福のほうも、そうと気づいたのだった。

事務方の乙矢には、

「すぐにもどる。世話役には、あとで挨拶するから」

伝えといてほしい、と告げて、ふたたび雪駄をはくと、お福をうながし、外に出た。

詰め所に出入りする者は、だれも身内のようなもので、とくに聞かれて困るような話でもなさそうではあった。ただ、

（お福がしゃべりづらいかもしれない）

と、源三郎は思ったのだが、案の定というべきだろう。肩をならべ、歩きはじめてすぐに彼女は、源三郎のほうを向き、

「あれからも一、二度、お店に来ましたよ」

耳打ちした。

過日、井筒の厠近くで出くわした男――脇坂柳太郎と、その連れのことである。

あの晩も、その後も、さりげなく彼らの給仕をつづけながら、お福は耳をそばだてた。結果、

「二人の名前がわかりました。源さんが見かけたというご浪人のほうは……」

「脇坂、だな。脇坂柳太郎」

「あら、どうして、それを？」

お福の丸い眼が、さらに丸くなる。

「いや、とあるところでな、また会って、知ったのさ」

「…………」

「しかし、助かる。これで、同じ人物であることが、はっきりとした」

「ならば、よろしいのですが……」

と、お福はいくらか嬉しそうな顔をした。

「素姓はでも、よくはわかりません。遠州あたりから流れてきた根っからの浪人のようで……ただ、やっぱり、奉公先をさがしてるみたいでした」

「奉公先、か……そいつはいい」

と、源三郎は少し笑って、

「仕官だな。仕官の口を求めて、相方《あいかた》に頼みこんでいたというわけだ」

「で、その相方の素姓は……」

「わかったのか。それが肝心だ」

「はい。下野《しもつけ》の……藤浦藩とか」

ほう、とこんどは源三郎のほうが眼を丸める番だった。

もっとも、彼には何となく、

（そうであろう）

とわかっていたような気がする。

［元藤浦藩士・田所文太夫］

の骨ばって、がっしりとした顔が頭の隅にうかんだ。

「藤浦藩の江戸留守居《るすい》役か」

「そのように聞きました。それに名前は、梶沢荘兵衛《かじさわそうべえ》である、と」

梶沢が自分たちの世話をやく仲居のお福に馴《な》れて、油断しはじめた。そうと見て、彼女は直接当人に名を訊《たず》ね、卓の上に指で文字まで書いてもらったという。

「……よくやった。上出来だ、お福さん」

「少しは、源さんのお役に立ちましたかね」

と、お福はちょっとはにかむようにして、微笑みを返した。

話しながらも立ちどまらず、歩きづめで来ている。源三郎とお福は、東湊町一丁目の曲がり角にたどり着いた。

井筒までは、もう間もない。あたりはだいぶ暗くなり、つけられたばかりの掛行灯《かけあんどん》が薄闇のなかに浮かんで見えた。

源三郎はそこで、はじめて足をとめた。

先夜、お福に渡した半分くらいの小銭を用意してきていた。懐中《かいちゅう》からそれを取りだして、またお福の手に握らせると、

「さぁ、いそいで行かないと、まずいんじゃねぇのかい」

「ええ。でも……」

と、お福はあらたまったように、井筒の行灯を眺めやった。じっと眼をこらしながら、

「こんなことまで、話してもしょうがないか」

ひとりごちるようにつぶやく。

「何でぇ。何か、思いだしたのかね」

「妙なことをしてたんですよ」

「だれが……あの、脇坂と梶沢の二人がかい？」

「そうなんです」

さんざん酒を飲み、料理を食べつくして、最後に吸い物がほしい、と脇坂らが言いだした。

それで、お福がいったん座卓の上をかたづけてから、板場に行き、二人分の吸い物を盆にのせ、はこんでいくと、

「行灯の明かりを消して、部屋のなかを暗くしてね、卓の上にろうそくを立て、火をつけてるんです」

「ろうそくに火を？」

「はい。二人して、一本のろうそくをはさんで向かいあい、にやりと笑ってるんですもの、あたし、気色《きしょく》がわるくなって……」

「たしかに、気味がわるいな」

と、相づちを打ってから、ふっと思いついて、源三郎は訊《き》いた。

「お福さん、そのろうそく、いったい、どんなものだったんだい？」

「ほら、京の都のお祭りなんかが描かれた、有名な西楼《さいろう》の絵ろうそくですよ……たぶん、まちがいありません」

そう言って、お福はまた、暗闇のなかで笑いあう脇坂と梶沢の姿を頭に思いうかべたのか、いかにも不快げに顔をゆがめてみせた。

二

東湊町一丁目の角でお福を見送ると、源三郎はひとり、亀島町の湯屋組合詰め所へと引きかえした。

奥の居室に行って、あらためて世話役の八右衛門に挨拶してから、源三郎は事務方の乙矢の文机《ふづくえ》をかりた。

机のまえに坐って、筆をとり、おいてあった雑記用の紙に、

「遠野辰之介——脇坂柳太郎——梶沢荘兵衛」

と書きこむ。さらにつづけて、田所文太夫の名を記し、腕を組んで考えこんだ。

遠野道場をめぐる厄介事と、文太夫がかつて在藩していたという下野・藤浦藩とが、

（まさか、こんなふうにつながってしまうとは……）

それと知ったら、当の文太夫も、眼を白黒させるにちがいない。

じつは昨夜、文太夫はだいぶ遅くになってから、長屋の一同があつまった信濃屋の座敷に姿をみせた。

「祝いの席の主役」たる新平は下戸《げこ》なだけに、彼ら夫婦はそろそろ帰ろうとしかけていて、

「どうしたってんだね、文太夫さん。あんたが来ねぇてんで、いま一つ、座が盛りあがらなかったぜ」——

万馬が口をとがらせ、お香もまた、

「また何かあったのかと、みんなして心配してたんですよ」

と言いつのった。

そのときは即答を避けて、

「すまん、すまん」

と、文太夫は頭をさげつづけ、新平とおちかには、

「たいへんな目にあったようだが、とにかく放免となって良かった」

おめでとう、と言葉をかけて、乾杯をやりなおし、彼も酒席にくわわった。

新平夫婦はなおしばらく信濃屋にとどまっていたが、六助やお香らとともにさきに帰り、おみつは別格として、純然たる客で残ったのは源三郎と万馬、そして文太夫の三人だけになった。

おみつは千春姐《ねえ》さんを手伝うべく、洗い場に立っていき、万馬はといえば、すっかり出来あがって、眼をつぶり、文字どおりの［白河夜船《しらかわよふね》］でいる。

その段になって、

「源さん、来たんだ」

と、ようやく文太夫は遅れた理由を明かしたのだった。

最初、源三郎は、またぞろ彼が不逞《ふてい》の輩《やから》にでも襲われたのかと思ったが、ちがっていた。

「国もとから使者が来たんです」

「……国もと？」

「いや、郷里の……下野・藤浦ですよ」

藤浦藩の新たな藩主となった牧田葦成《よしなり》が、じきじきに若手の目付《めつけ》を召しだして、江戸行きを命じたものらしい。

「殿は……葦成公は、太刀川勇人《たちかわはやと》をはじめ、清廉《せいれん》と思われる目付らに、とかく悪《あ》しき噂のあった家老の奥山大蔵《たいぞう》のことをしらべさせたのです」

そうして、奥山の過去を洗いなおしているうちに、文太夫の名が出てきた。

「葦成公は、それがしがかつて藩の勘定方で、奥山の部下であったこと……そして、さきの道普請《ぶしん》を機に、その奥山にたてついたことを、お知りになったようでね」

「てことは、奥山の悪事や、やつが田所さんを亡きものにしようと刺客《しかく》を送りこんだこと……それらを逆に始末して、あなたが藩を脱し、江戸へ逃がれてきたことまでも、ご存じなので？」

「ある程度はね、お察しになった……しかし確証が得られない」

そこで太刀川に密命をくだして、江戸表につかわし、文太夫の行方をさがさせた。使者として会い、その口から、くわしい事情を聞きださせようとしたのである。

「太刀川の役目は、それればかりではない」

「ほかにも、何か？」

「奥山の息のかかった者が、藩の江戸屋敷にも大勢いる……その連中はあれこれとあこぎな真似をして、潤沢《じゅんたく》な資金をたくわえようとしている」

「黄白《こうはく》の……金の力に物を言わせて、奥山やおのれらの身をまもろうという算段ですかね」

眉をひそめて、文太夫は顎《あご》をひき寄せる。

「藩の重役連をすべて抱きこんでしまえば、たとえどれほど賢明な藩公が正しいご政道をなさろうとしても、実現は難しくなり申す……」

そのために太刀川は、奥山と通じて不正をはたらき、藩政をわがものにしようとしている江戸詰めの藩士らの身辺をもさぐっているのだという。

ふたたび源三郎は筆をとり、人名を記したわきの余白の片側に、

「藤浦・不正」

と書き、反対側に、

［贋《にせ》ろうそく・辻斬り］

と書いた。そして、それらをじっと見つめているうちに、

（どこかで、すべてが結びついている）

という気がしてくる。

これまでは本当に持ち前の勘だけがたよりで、確信がもてずにいたが、いまは、それがだいぶ、はっきりとしてきたのだ。

［藤浦藩の江戸留守居役・梶沢荘兵衛］

こやつが脇坂と組んで、何事かをたくらんでいることは、ほぼ明白。

しかも、である。

これまた、いまだ源三郎の［勘］でしかないが、ここにも、例の［贋ろうそく作り］の一件がからんでいる。

脇坂と梶沢の二人が、

「西楼の絵ろうそくに火をつけて、笑いながら眺めていた」

という。その光景が意味するものは、何なのか。

お福にはひきつづき、彼らの井筒での様子を聞かせてくれるよう頼んである。が、

たとえば、おみつを井筒にもぐりこませ、

「よりくわしい事情」

をさぐらせるなど、べつの策を立てる必要もありそうだ。

そのまえにしかし、いそぎ文太夫と会って、

「梶沢荘兵衛なる者を、知っているかどうか」

問うてみなければなるまい。

もしや文太夫自身は知らずとも、藤浦藩主・牧田葦成の使者――太刀川勇人とやらならば、存じていよう。

（あるいはすでに、太刀川は梶沢の身辺をさぐるべく、動きはじめているかもしれない）

できれば今夜のうちにも、文太夫と会いたいし、早めに長屋へ帰りたかったが、詰め所に来たのは久々なだけに、なすべきことが山積《さんせき》していた。

担当している湯屋からの報告書に、ざっと眼を通すだけでも、相当の時がたってしまい、すでに四ツ半（十一時）に近い。

所帯もちの八右衛門は、とうに帰ってしまったが、事務方の乙矢は、

「べつに、いそいで寝ぐらに帰っても、だれが待っているわけでなし……わたくしも、やることは一杯ありますから」

そんなふうに言い、源三郎につきあって、残ってくれていた。

だが、すべてを終わらせようとすれば、夜半すぎになる。

「そろそろ切りあげようや」

乙矢に告げて、源三郎はみずから帰り仕度をしはじめた。

小腹がすいたが、信濃屋はもう看板だろう。が、永代橋の橋詰あたりには深夜までやっている居酒屋もあるし、屋台の店も出ている。

（どこかで一杯ひっかけて、帰ろう）

と思い、乙矢を誘おうと、顔を向けたとき、ふいに背後で戸があく音がして、

「おや、武《たけ》さん」

乙矢がちょっと驚いた声を出した。

「どうしたんだい、こんな刻限に？」

仕度をしていた手をとめて、源三郎がふりむくと、頭のはげかかった四十年配の小男が立っている。

深川のさらにさき、森下《もりした》界隈の湯屋組合で下僕《げぼく》をしている男で、源三郎はよく知ら

ないが、たしか武三といったはずだった。

その武三が肩を大きく上下させ、その場で足踏みをするようにしながら、

「て、てぇへんですよ。うちの地区で辻斬りが出やした」

「辻斬り？……森下でかい」

「へぇ。高橋《たかばし》の上で松之湯のご主人の松吉さんが殺されたんで……」

高橋は深川の北、大川の支流の小名木《おなぎ》川にかかる橋で、渡ったさきが常盤《ときわ》町に南北の森下町、そして本所《ほんじょ》方面へとつづく。

松之湯はそのうちの南森下町にあって、ここからはだいぶあるが、おけら長屋からだと、そう遠くはない。

一度か二度だが、源三郎も万馬や六助らといっしょに湯浴みに行ったことがあった。湯舟も狭く、湯殿全体で十人とはいれない小さな湯屋で、

「松吉さんとおしげさんといったかな、老夫婦が二人でやってる銭湯だね」

源三郎が言った。

「ええ。ほかに通いの三助に、小女が一人おりますがね」

「……で、松吉さんはいつごろ難にあったって？」

「いまから半刻（一時間）ほどまえのことでやす」

「四ツ（十時）のころか」

高橋は深川と森下、本所方面とをむすぶ大事な橋で、日中や夕刻には、かなりの人通りがある。が、その刻限になると、明かりもとぼしくなり、ばったり人気が絶える。

「しかし、松吉さんらの住まいは銭湯の二階のはず……何だって、そんな夜更けに街なかを出歩いてたんだ？」

「あの方、けっこうなご年配でしたよね」

と、乙矢が言葉をそえる。

「月末なもんで、銭の掛け取りにまわってたんですよ」

と、武三は応えた。

松之湯に来るのは、ほとんどが常連客で、毎日のように通う者もある。それで松吉は、そういう客には、いわゆる「つけ」をみとめている。

「店の片付けをすませてから、たまった湯銭をあつめて歩いてたんです」

「そうすると、それなりにまとまった金を持っていたってことになるな」

言いながら、源三郎は、

（またか）

と思っていた。

どうやら下手人は、松吉の持っていた金子《きんす》をそっくり掠《かす》めて去ったらしい。

小石川での事件につづき、またも［金めあて］の凶行で、最初の二度とはちがう。

［面白半分の辻斬り］

から、物盗《ものと》りに変わった。［強盗殺人］へと形を変えてしまったのだ。

（そこに、何か理由があるのだろうか）

わからない。が、このときも源三郎は、脇坂柳太郎とその一派――からだから血のにおいを発散させていた飯塚兵七郎らのことを頭に思いうかべた。

現場の高橋にはすでに、森下一帯を縄張りとする岡っ引きをはじめ、町方役人も駆けつけて、取りしらべを開始しているという。

「ご同心の旦那が、近隣の湯屋組合をまわって、辻斬りが出たことを知らせてこい、とおっしゃるものですから」

と、なかば困惑顔で武三は言う。

「所轄《しょかつ》の湯屋に注意をうながすよう、伝えよ」

とまで、その定廻《じょうまわ》り同心は命じたらしい。

（こんな夜更けに、馬鹿げたことを……たぶん、黒米《くろごめ》さんだな）

ふっと頭にひらめき、

「額が張りでて、ちょっと眼がくぼみ、奥目に見える役人ではなかったかね」

「そのとおりです。ご存じで？」

あいまいにうなずきかえして、おもわず源三郎は苦笑をもらした。

しかし、源三郎の管轄でないとはいえ、おのれの住まいの近くで起こったこと。それもほかでもない、このたびは、

「湯屋の主人」

が襲われたのである。この一連の辻斬り騒ぎ、自分もまた、

（いよいよ身を入れて、かからねばならんな）

と、源三郎は思った。

三

すでにして、

「どこかで一杯」

などという余裕はない。

かといって、その夜、源三郎は現場の高橋にまで足をはこぶことはしなかった。今さら遅きに失した感はあるし、それこそは［管轄外］で、

［他の湯屋組合の用心棒］

が現われたのでは、土地の湯屋関係者や岡っ引きなどに煙たがられかねない。

黒米の配慮は無用というか、

（杞憂《きゆう》にすぎぬ）

けれど、念のために、おのれの担当の湯屋をひとわたり見まわってから、帰途につくことにしたのだ。

そんなこんなで、いっそう手間隙《てまひま》がかかり、源三郎が堀川町のおけら長屋にもどったのは、もう丑《うし》三ツ（午前二時）。

とても他人のもとを訪ねる刻限ではなく、文太夫には翌朝、会った。

源三郎が、お福から聞いた名を告げると、

「梶沢……荘兵衛でござるか。藤浦藩の江戸留守居役をつとめおる、と？」

腕を組み、文太夫はしばらく黙って考えていたが、

「梶沢なる名には、覚えがあり申す。が、作事方《さくじかた》か納戸《なんど》方か、もそっと下役だったはずで、はて……」

同一人かどうかは、わからぬと言う。

「あるいは、田所さんの話された奥山とやらの一味で、そのはからいにより、大きく抜擢《ばってき》されたとか」

「……かもしれませぬな」

いずれ近々、例の藩目付の太刀川勇人が、江戸屋敷の様子をさぐった結果をつたえにくることになっている。

「その太刀川に問いあわせれば、確実なことがわかりましょう」

判明しだい教えてほしい、と頼んでから、

「これは、べつの話ですがね」

と告げて、源三郎は、昨夜遅くに高橋で起こった辻斬りの一件を、かいつまんで文太夫に語ってきかせた。

そのまま文太夫宅を出ようとして、源三郎は、おみつの姿を眼にとめた。彼女は、いましも長屋の木戸をくぐり抜け、おのれの住まいに向かおうとしている。

「何事によらず几帳面《きちょうめん》」で、身だしなみに気をつかうおみつにしては珍しく、結綿《ゆいわた》にゆった髪がほつれて乱れ、井桁《いげた》柄の振袖《ふりそで》もこころなしか、着くずれている。

外出先からもどったところなのは、一目瞭然《りょうぜん》。それも夜っぴて起きていたようで、いかにも眠たげにしている。

これが万馬か、お香ならば、

「いいね、夜遊びかい」

とでも言って、からかってやりたいところだが、そういう言葉が、おみつにはいちばん似あわない。

また万が一にも口にしようものなら、飛びかかられて、引っかかれ、顔中傷だらけにされるのが落ちだろう。

「どうしたい、おみつちゃん……えらく疲れた様子じゃねぇか」

おそるおそる近寄って、声をかけた。

「あ、源さん。たいへんだったのよ」

真顔を向けて、森下からの帰りだ、とおみつはつぶやく。

「森下……高橋で辻斬りにあったという松吉さんとこへ行ってきたのかい」

「そうか。当然、もう源さんの耳にもはいっているわよね」

「ああ。夜半近くまで亀島町の詰め所に居残っていたら、森下の湯屋組合の者が知らせに来た」

「……そうだったの」

うなずいて、おみつは昨夜来の自分の行動を明かした。

近隣でのことだけに、高橋での騒ぎは、松吉の遺体が発見されてすぐに、長屋のみなに伝わった。

おみつはまだ信濃屋で片付けものをしていたが、安蔵夫婦と千春姐さんにあとをまかせて、いそぎ高橋に向かった。

深川の、おみつの縄張りでの事件ではなく、

「ご用のすじ」

で行く必要はなかった。が、

「源さんもだろうけど、殺された松吉さんとはあたし、知らぬ仲じゃあないもの」

と、おみつは言う。

彼女の場合には、源三郎よりもはるかに松吉夫婦と近しい。

老いたせいか、最近では少なくなったが、以前にはよく松吉とおしげが二人して、信濃屋へそばを食べに通ってきた。

「あとに残されたおしげさんが可哀そうで……なぐさめてやらなきゃならないでしょ」

そう思い、おみつは「見舞い」のようなつもりで、十手も持たず、下っ引きの健太や伍助も連れずに、一人きりで現場におもむいた。

そしてじっさい、一晩中、悲嘆に暮れるおいしげに寄りそってすごしたのだった。

「おみつちゃん、疲れてるとこ、すまねぇが、いま少し、くわしいことを知りてぇ」

立ち話も何だ、と言って、源三郎は自分の住まいにおみつを誘った。

源三郎宅にはいると、おみつは水がほしいと頼んだ。

「お水ね。おやすいご用だ」

柄杓《ひしゃく》を手にとり、源三郎は土間の隅においた水甕《みずがめ》に差し入れてすくうと、湯呑みに移した。

上がり框《かまち》に腰かけたまま、源三郎から湯呑みを受けとると、おみつは美味《おい》しそうに一息で飲みほした。

それから一度大きく呼吸《いき》をすると、隣に坐った源三郎の側を向いて、こんどは事件に関し、自分が現場で見聞きしたことを話しはじめた。

松吉が殺された刻限や、常連客の湯銭を掛け取りに出歩いていたこと。遺体の発見時、その金がすべて失せていたことなど、おみつが語った内容は、前夜に源三郎が武三から聞いたものと、ほとんど変わらなかった。

ただ「公用」で行ったのではなかったにもかかわらず、さすがは女目明かし、遺体の様子はよく見ていた。

当初、遺体はむしろをかけて高橋の暗い橋上におかれていたが、やがて森下の松之湯にはこばれていき、検死はそちらでおこなわれることとなった。

厭《いと》いさえしなければ、灯火のもとで、じっくり観察することができる。

「傷はただの一ヵ所……下手人は一撃で、松吉さんの頸《くび》すじを断ち切ったようです」

「ふーむ。そいつは只者じゃねぇ。相当に腕の立つ野郎だな」

いくら無抵抗の老いた町人が相手でも、一度だけ刀を振りおろしたのみで、頸動《けいどう》脈《みゃく》を断つなどという芸当は容易にはできない。

そのやり口は、これまでの辻斬りと基本的には似ている。が、どこかで異なる。どれもが似ていて、少しずつ、ちがっているのだ。

余人は知らず、剣の道に通じた源三郎には、

（同じ技をまなんだ複数の剣術使いの犯行ではないか）

と見えた。

さらに最前、文太夫には「べつの話」と言ったが、この辻斬り騒ぎと藤浦藩の問

題、そして贋ろうそく事件とが、

（やはり、どこかでつながっている）

そう思われてならなかった。

それを告げると、源三郎はおみつに、［井筒］の仲居のお福から聞いたことをはじめ、自分の知り得たすべてのことを伝えて、

「なぁ、おみつちゃん。贋ろうそくの件で、おときという西楼の小間使いの婆さんをつかまえて、いろいろと話を聞いたろう」

「ええ。団子が好きだと知って、［紅梅］に誘ったら、乗ってきたんだったわ」

「そのとき、おとき婆さんは番頭の安次郎の羽振《はぶ》りがいいことを話して、どこぞの大名家の偉い武家ともつきあってる……たしか、そんなことまで言ったんじゃなかったか」

「ええ。そういえば……」

「そこさ」

と、源三郎は膝を打った。

「ろうそく問屋・吉兆《きっちょう》屋と安次郎の関係にばかり、気をとられていたし、あの婆さん、ぼけているようだ、と聞かされたこともあって、ほとんど忘れかけていたんだが

な」

「まるで耄碌《もうろく》していたわけでもなかったんですものね」

「そう、お白洲《しらす》での返答はしっかりしていて、なかなか立派だったらしいぜ」

だから、この［偉い武家］というのも、相応に信憑性《しんぴょう》がある、と源三郎は言った。

いずこの藩か、おときは本当に知らないようだし、安次郎が明かした形跡もない。

だが、

「どうも、おれには、下野の藤浦藩のような気がするのさ」

「じゃあ、源さんは、さっき話した江戸留守居役の梶沢荘兵衛が、その人だと？」

源三郎は、ゆっくりと顎をひき寄せた。

「ただ、確証はない……それどころか、今のところまだ、おれ一人の勘でしかないのさ」

源三郎はちょっと黙ってから、あらたまったように、おみつの顔を見すえた。

「すまねぇが、おみつちゃん、また一はたらきしてくれねぇか」

直接のかかわりはないが、おときの言っていた話は、一連の辻斬り事件と裏側で通じあっている。

「だから、この仕事はきっと、ゆうべ殺された松吉さんのあだ討ちにもなるかと思う」

「いいですけど……いったい、何をするんです？」

「井筒のお福もよくやってはくれているが、しょせんは素人《しろうと》だ、どうにも心もとない」

眠気でしょぼしょぼしていた、おみつの眼がきっと見ひらいた。

「あら、源さん、いつもはあたしのこと、新米だの、まだまだ青いだのって腐《くさ》してるくせに、玄人《くろうと》だって思ってくれているの？」

何だかんだと言っても、おみつは源三郎に褒《ほ》められ、みとめられることが嬉しくてならないのだ。

「要するに、お福さんの代わりに、あたしが仲居に化けて、井筒にはいりこめばいいってことでしょ」

と、なるほど察しも抜群にいい。

返事の代わりに、源三郎は笑みをうかべ、

「いつになるかはわからねぇが、もう一度ぐらいは必ず、梶沢は井筒に顔をみせる。たぶん、脇坂といっしょにな」

「何とかして、その二人の話を聞きとってしまおうってわけね」

「……そのとおりさ」

しかし、あわてることはない、と源三郎は言った。

「おみつちゃん、一睡もしてねぇんだろ。とにかく今日は、たっぷりと寝《やす》みねぇ……大仕事は、そのあとだ」

「言われなくても、そうさせてもらうわ」

早くも憎まれ口をきいて、おみつは腰をあげた。が、眼には依然、まんざらでもなさそうな輝きが残っている。

四

梶沢荘兵衛が料理屋［井筒］にあらわれたのは、それから二日後の晩のことだった。

案の定、少し遅れて脇坂柳太郎もやってきて、座敷をかり、二人して酒卓をかこんだ。

直後に、源三郎とおみつ、それに下っ引きの健太の待つ信濃屋へ、井筒の使い走りがそのことを知らせにきた。

源三郎らは、お福はもとより、女将《おかみ》までもふくめ、井筒側との綿密な打ち合わせをしておいたのである。

それにもとづき、お福は、

「急に腹痛をもよおした」

ということで、途中から座敷をさがり、代わりにおみつがいそぎ井筒へと向かい、

「新顔の仲居」

に扮《ふん》して、梶沢らの世話をやくこととなった。

いまだ十八、その年齢《とし》からしても新入りということにはしたが、ふだんから、おみつは信濃屋の店内で走りまわっている。手慣れたものではあった。

源三郎は信濃屋を離れられない。たまたまこの夜、文太夫が太刀川を連れてくることになっていたのだ。

おみつのもう一人の手下、伍助も「表稼業」の左官《さかん》屋のほうで用あって、来られずにいる。

ひとり健太が、何かあったときのために、井筒の外で待機することになった。

そして一方、井筒の側では、これもあらかじめ打ちあわせてあったとおり、梶沢らにはいつもの「菊の間」とはべつの客間を用意した。

「菊の間はふさがっている」
ということにして、二人を［桃の間］に通したのである。
桃の間は亀島町の湯屋組合が常用――先だって源三郎と文太夫も飲食した部屋で、
他の客間から離れていた。
両隣が納戸と押入れになっていて、いざとなれば、その納戸部屋にはいりこめる。
隣室との仕切りの壁は薄板が一枚きりで、
［盗聴が可能］
なのだ。
たとえ、そこへの出入りが梶沢らの眼にとまっても、店の仲居ならば、何の不都合
もない。
そんなこととは思いも寄らず、さきにお福がわびを入れ、案内したとき、
「このような部屋があったとはな」
と、梶沢は感心し、脇坂もまた、
「他の酔客《すいきやく》に邪魔されず、ゆっくりと話ができて、よいではありませんか」
などと言い、むしろ喜んでいたという。
お福に代わり、おみつが姿をみせて、

「新参者でございますので、何かといたらないこともございましょうが……」

ご勘弁を、と挨拶したときにも、二人はまるで不審な素振りはみせずに上機嫌でいた。

それでも仲居が部屋にとどまり、給仕している間は、あまり込み入った話はできない。

「絵ろうそくの件な、あれは取り止めだ」

「やはり、吉兆屋の連中や西楼の番頭なぞが捕まって、処罰をうけたことが……」

「それもある。が、そのことばかりではない。国もとにおられる殿が、あれこれと怪しまれて、江戸表に密偵を差し向けたようでな、しばし待て、との知らせがきた」

「ご城代さまが、そのように仰《おお》せで？」

「ふむ。まぁ、事を延ばせとのことだが、実質、取り止めということになろう」

「それは、残念なことで……」

素知らぬ顔で座卓に料理をならべながら、おみつは、そこまでは聞いた。

結果、源三郎が言っていたように、二人が例の「贋ろうそく事件」にかかわっていることは察しがついた。

それも、おそらくは吉兆屋とはべつのすじで贋ろうそく作りをくわだてたが、横やりがはいり、中止になった、ということのようだ。

だが二人とも、具体的な人名などは口にせず、事の詳細も明かさずにいる。

(ここは一度姿を消して、盗み聞くしか手がなさそうだ)

そうと判断し、おみつはすべての酒肴の支度をすませてから、平伏し、

「何かご用がございましたら、そこの引き戸をひらかれ、お手をたたいて、およびくださいませ」

言いおいて、部屋の外に出る。そのまま抜き足で、隣の納戸部屋へと忍びこんだ。

物音を立てぬように気づかいながら、納戸の隅にうずくまり、おみつは仕切りの板壁に耳を押しつけた。

はたして、隣室の二人はしばらく黙って酒を飲んでいるようだったが、そのうちに話のつづきをはじめた。

なおも多少の用心はしているのか、ときおりひどく声を落とすので、聞きとりにくくなる。が、さっきよりも内容は、だいぶ明らかになった。

それは、こういうものだった。

梶沢荘兵衛はまちがいなく下野・藤浦藩の江戸留守居役で、城代家老の奥山大蔵と

通じている。

彼らは江戸と国もとで、つねに連絡をとりあい、

「藤浦の藩政をぎゅうじろう」

とはかったが、新藩主の牧田雅楽頭葦成《うたのかみよしなり》が改革に乗りだし、奥山らの旧悪をしらべはじめた。

「そうはさせじ」

と、奥山らは「金の力」で藩の重役たちを味方につけることを画策。

「その金策の一環」

として、贋ろうそく作りがくわだてられ、梶沢が計画の首謀者に任ぜられたのだ。

源三郎の直感はあたっていた。

西楼の次席番頭だった安次郎は、小間使いのおときを使って、ろうそく問屋の吉兆屋に「西楼独特の製法」などを教えると同時に、梶沢らにも、

「売り込みをはかっていた」

のである。

それが、吉兆屋ばかりか、西楼側の安次郎までが捕縛され、罰せられたことで、黒幕たる奥山が「中止命令」を出し、計画は頓挫《とんざ》することとなった。

これを惜しんで、梶沢が、

「山を越えたさきの会津やら、米沢やらでは、昔から絵ろうそく作りが盛んでな」

そう言う声が、おみつの耳にはいる。

「わが郷里の藤浦でも、武家はおろか、富裕な商人《あきんど》や豪農までが、こぞってこれを手に入れたがる」

脇坂もまた、相づちを打って、

「お江戸で評判の西楼の絵ろうそくを売りだせば、飛ぶように売れたでしょうに」

「おうよね。うまくすれば、相当な実入りがあったものを……」

ちょっとまた沈黙がつづき、

「どうしても無理でしょうかね」

未練がましく、脇坂が言う。

「ああ。少なくとも、いまはまずい……人の噂も消えて、ほとぼりが冷めてから、あらためて策をねるしかなかろうよ」

おみつが驚いたのは、そのあとでぼそりと告げた脇坂の言葉だった。

「しかし、困りましたな。遠野道場の辰之介の財布は、とうに空っぽ……やつの生母から搾《しぼ》りとれるのも、そろそろ限界ですしね」

辰之介の［生母］は彦五郎の実の妹だと、おみつも源三郎から聞いて知っていた。

脇坂は、それを脅していたというのだ。

「そうか。多恵《たえ》とか申したな、あの女も、そうは金を出せんとな」

「はい。いくら倅《せがれ》の辰之介に秘密をばらす、と迫っても、多恵のやつ、ないものはないと突っぱねる始末で……」

「おそらくは、木村備前守《びぜんのかみ》からの仕送りも途絶えがちなのであろう。備前守のところは、われら藤浦藩よりもさらに小さな一万数千石の小大名……おまけに、奥方の眼も厳しい」

「そうとあっては、無理もございませんか」

「無理もない」

と応えて、

「彦五郎自身は、どうなのだ。あの者はまだ、一銭の金も寄こしてはおらぬのだろう？」

「さようですが、彦五郎はいけませぬ。もともとが貧乏道場で、備前守からの援助があって、ようやっと持ちこたえていた……それが今やもう、崩壊寸前でしてね」

「一つには、おぬしらのせいであろうが」

「は、まぁ、それはそうですが……」

脇坂が苦笑する気配があり、

「とにもかくにも、頑固一徹……おどそうが、すかそうが、遠野彦五郎、びた一文出すものではござりませぬ」

「ふーむ」

と唸《うな》る梶沢。ここで脇坂は、驚くべき事実を口にした。

「かといって飯塚らにやらせている辻斬りで得られる金なんぞ、たかが知れてますからね」

(源さんのにらんだとおりじゃないの)

思いつつも、おみつはいっそう耳をそばだてた。

「もともとが血を見るのが好きな連中で、はじめのうちはみんな、退屈しのぎに夜鷹《よたか》あたりを斬ってたんですがね」

「それを脇坂、おぬしが遊び代稼ぎに切り替えろって、けしかけたってわけだ」

「はい。それがしが懐《ふとこ》ろ具合のよさそうな町人に目をつける……そいつを連中が襲って金を手に入れ、こちらに渡す」

「おおかたをおぬしが取って、飯塚らへの分け前は、ほんのわずか、か」

「本当にやつらは、根津かそこらの安女郎《やすじょろう》相手に一晩遊べる銭をもらって満足してるんですよ」

「わるい男だ」

と笑う梶沢に、脇坂は、より大きな笑い声で応えて、

「おたがいさまですよ、梶沢さま。連中から掠めとった金子《きんす》を、こんどはそちらに上納しているんですから」

「上納か……そいつはいい」

「梶沢さまや国もとの奥山さまの立場がご安泰となりましたら、それがしのこと、本気でお願いしますよ」

「もちろん、雇ってやる。高禄でな……ただし、事がすべて丸くおさまったうえでの話だ」

そこで、みたび話し声がやみ、どちらかが立ちあがる気配があった。小用かもしれない。が、酒でも切れて、

（自分をよぶつもりだと、まずい）

と、とっさにおみつは納戸を飛びだした。そして足音を立てぬようにしながらも、

いそぎ少し行ったさきの階段を駆けおりた。

五

留袖《とめそで》の仲居姿のままに、おみつは深川・堀川町のおけら長屋にもどった。

すでに夜半に近かったが、事情を知る主の安蔵は掛行灯を消しただけで、信濃屋をあけてくれていた。

源三郎は入れ込みの座敷で、文太夫とともに待っていた。そのかたわらに、もう一人、どこか神経質そうな羽織袴姿の侍がいて、

「こちらが藤浦藩の……」

紹介しかけた源三郎の言葉に重ねて、みずから名のった。

「下野国藤浦藩士、太刀川勇人でござる」

目付なる役職は明かさない。故意にそうしているのだが、源三郎はおみつに、太刀川が藩主の特命により、梶沢荘兵衛らの行状をさぐるべく、江戸入りしたことを伝えている。

先刻、ここへ太刀川が文太夫に伴われて現われたとき、源三郎は彼にも、その梶沢

［女目明かしのおみつへ、
を送りこんだことを話してあった。

「あなたが、おみつどのですね。何でも、梶沢と脇坂なる浪人者との密会の場にもぐりこんだとか……」

太刀川のほうから言い、おみつがうなずきかえすと、彼は痩せて頰骨の突きでた頰をゆるめ、ようやく寛いだ表情をみせた。

「……で、おみつちゃん。事は首尾よくいったかい？」

源三郎に訊かれて、一瞬、おみつはためらい、あいまいに首を揺すったが、

「どうにか、二人の話を聞くことはできました」

応えて、井筒の納戸部屋に隠れて盗み聞いた、梶沢らのたくらみに関する話を語ってきかせた。

聞き終えて、

「なるほど、この太刀川さんがおしらべになったことと、おおむね一致するな」

と、源三郎はたしかめるように、太刀川と文太夫のほうを見た。

文太夫の記憶にあったとおり、梶沢はかつて藤浦藩の作事方に属していたが、太刀

川の話では、奥山に近づいて取り入ることで、江戸詰めとなる。そしてやがては、留守居役に抜擢された。

「もともと梶沢は、商才に……というより、悪だくみにたけておりましてね。江戸の老舗《しにせ》の絵ろうそくに目をつけて、贋物をつくらせ、大量に国もとに送りこんで売りだし、一儲けするつもりでいたようです」

そこまでは太刀川もさぐりだし、他の江戸詰めの藩士に聞いたり、そのすじにあれこれ問いあわせるなどして、裏付けも取っていた。

「しかし、やつめ、そのたくらみを取り止めたとはな」

それは彼には、新事実だったようだ。

「ほとぼりが冷めるまで待つ、なぞとも言ってましたけど……」

「公儀の手入れが、やかましくなったゆえでござろうか」

「それもありましょうが」

と、おみつは小首をかしげて、太刀川の顔を見すえた。

「何やら、お国のお殿さまの動きを警戒してのものかと思われました」

それが太刀川であるとは、まだ特定できていない様子だが、

「お殿さまがじきじきにご命じになって、江戸に探索方をよこされたことは……」

「気づかれてしまいましたか」

太刀川の顔に緊張のいろがもどった。

「これは、拙者《せっしゃ》も用心のうえに用心してかからねば……おみつどの、よいことを教えてくれ申した」

もしや自分が無事に密偵の役目を終えて帰藩し、藩主に報告したならば、梶沢はもちろん、裏で糸をひく奥山もまた、

「隠退蟄居《ちっきょ》をおおせつけられることは、もはや明白……」

あるいは、より重い罪を科せられるだろう、と太刀川は言った。


もう一件、「辻斬り」のことがある。

このところ、連日のように起きて、世人を震撼《しんかん》させている事件だが、これが、

「遠野道場にたむろしていた、ごろつき浪人たちのしわざだ」

と知って、文太夫らは唖然《あぜん》となった。が、ひとり源三郎としては、

（やはり、そうだったか）

と、腑《ふ》に落ちる気がした。

ただ、「実行犯」である飯塚らを脇坂があやつって、彼らが盗みとった金を掠めと

り、その背後には梶沢がいたとまでは、察しがつかなかった。

そして、そのまた黒幕として、藤浦藩・城代家老の奥山大蔵がいることになる。

いちばんに憎むべきは、その奥山であろうが、おみつの話を聞くなり、

「脇坂の野郎め、遠野先生の養子の辰之介さんをたぶらかしているばかりでなく、手《て》前《めえ》の仲間までも裏切ってやがったのか」

唸るように、源三郎は言いはなった。

「しかし、これで辻斬りの下手人がだれか、はっきりしたわけです」

と、文太夫。おみつのほうに笑顔を向けて、

「お手柄だったね、おみつさん」

「でも……」

「どうした、何かあったのか」

と、源三郎は、おみつの顔をのぞきこむ。おみつは表情を曇らせて、

「最後の最後にあたし、しくじっちまって……」

そうつぶやいて、下唇を噛んだ。

梶沢と脇坂が井筒をひきあげたのは、五ツ（八時）を少しすぎたころで、今からだと、一ツ刻半（三時間）ほどもまえになる。

その間に、おみつは二人の帰り着く場所を突きとめようとしていたのだった。梶沢の行く先はたぶん、鍛冶《かじ》橋にある藤浦藩の上屋敷であろうが、脇坂のほうがわからない。

脇坂ら一派の居場所が不明になったと知ったのは、昨日のことである。

(その後、どうなったか)

と気になって、源三郎が牛天神わきの遠野道場へ様子を見に行くと、彦五郎と幾人かの古株《ふるかぶ》の門弟しかいない。

彦五郎に訊いてみると、どこへ行ったのか、ここ数日、脇坂も飯塚も、他の浪人たちも、

「当道場には、姿をみせずにおる」

と言う。

「辰之介までがいっしょに出かけたまま、もどってはこぬ」

ひどく心配しているふうであった。

それを源三郎に聞いているから、

(ちょうどいい、脇坂のあとを尾《つ》けてみよう)

と、おみつは思ったのだ。

おみつは、彼と梶沢の二人が駕籠《かご》で帰ると知って、女将とともに玄関まで見送りに出た。

この刻限、井筒のまえの路上には、酔客の帰宅をあてこんで、多くの駕籠屋がならんでいる。

先頭の駕籠に梶沢が乗り、ついで脇坂が乗るのを見とどけると、おみつは、彼女の命でずっと玄関ぎわに隠れて待っていた下っ引きの健太をよび、

「さきに行った梶沢の駕籠を尾けておくれ……たぶん鍛冶橋の藩邸だと思うけど」

「合点承知っ」

と、身を返しかけた健太に、

「そのあと、あんたは八丁堀の黒米の旦那んとこへ行ってちょうだい」

「辻斬りの一件をつたえるんでやすね」

さすがは長年、名うての目明かし・白鷺の銀次に仕えていただけあって、飲みこみが早い。

おまけに彼は、若いころには、

「韋駄天《いだてん》の健太」

とよばれたこともあったほどで、足が速かった。

なまじの駕籠屋よりも速く、走りだしたと思ったら、もう梶沢の乗った駕籠の真うしろにつけている。

脇坂のほうの駕籠はまったくべつの方向をめざし、だいぶさきに進んでしまったが、闇夜に灯火がひらめき、見失うことはない。

自分もすぐに手近な駕籠に乗り、その明かりのほうを指さして、

「あの駕籠のあとを追ってちょうだい」

おみつは言った。


「なんだ、上出来じゃねぇか」

と、源三郎は鼻を鳴らしたが、

「ちがうの。そのあとでドジを踏んでしまったのよ」

眼を伏せて、おみつはため息をもらした。

脇坂を乗せた駕籠は霊岸島から神田、水道橋、四谷とすぎて、牛込の穴八幡《あなはちまん》に近づいた。そのあたりで、ふいに数匹の野犬があらわれた。

「どれも図体の大きい、獰猛《どうもう》な野犬でね、牙《きば》をむきだして向かってきたのよ」

「おみつちゃんの乗った駕籠にかい」

「そうなの。恐ろしい声で吠えて、いまにも襲いかかってきそうになったんです」

駕籠屋はしかし、護身用の棍棒《こんぼう》を持っていて、それを振りあげ、懸命に追い払おうとした。

親玉らしい先頭の一匹の頭を強打し、その犬が倒れると、ようやく他の犬もひるんで、逃げ去ったが、

「ひどく手間どってしまって……」

「その間に、脇坂の駕籠を見失ったってぇわけか」

黙って顎をひき寄せると、

「本当に、面目ない話なんです」

そのままた、おみつはうなだれた。

(それでさっきから、いま一つ、すっきりしない顔をしていたのか)

思いかえしながら、

「いや、そうでもなかろうよ」

と、源三郎は言った。

「聞いていると、どうやら脇坂は穴八幡から戸塚、高田界隈に、だいぶ土地勘があるようだ」

「小さな路地まで知ってるみたいですからね」

と、文太夫が合いの手を入れる。

「ひょっとすると、あの近辺に、脇坂らの隠れ家でもあるのかもしれません」

「そのとおり。いい手がかりにはなるだろうよ。遠野先生の頼みをうけて、道場の門人たちも、やつらの行方をさがしてるようだから、教えてやるさ」

「辻斬りの下手人が判明して、今後は黒米の旦那らも、やりやすくなりましょうよ」

「ふむ。いまごろはもう、動きだしているかもしれねぇ」

つぶやいて、源三郎はあらためておみつのほうを向き、

「梶沢を追わせたあとで、健太を黒米さんとこにつかわしたのは、おみつちゃん、賢明な判断だったよ」

いつになく、やさしい声で言った。

六

じっさいに、健太の知らせをうけた黒米徹之進は、その夜のうちにも動きはじめていた。

上役の筆頭与力・大井勘右衛門のもとにはせ参じて、相応の人数の捕り方まで
「容疑者たる脇坂一派の捕縛」
に向けての対策を協議。
翌朝には源三郎や文太夫、さらに万が一のことを考えて、相応の人数の捕り方まで
も同道させ、小石川の遠野道場へとおもむいた。
しかし彦五郎は在宅していたものの、依然、養子の辰之介と脇坂ら彼に取りついて
いた浪人たちは不在のままで、もどってはいなかった。
それを知って、源三郎は他の者をしめだしたうえで例の炉辺《ろばた》に旧師と向きあい、お
みつから聞いた梶沢と脇坂の辰之介に関する会話を明かした。そして、詰め寄るよう
に身を乗りだして言った。
「先生、そろそろ本当のことをおっしゃってはいただけませんか」
彦五郎は染《し》みのにじんだ顎をひき寄せると、
「わかった。空木、おぬしにはもっと早くに告げておくべきだったのじゃが、その機
を逸《いっ》してしもうた」
いったん長く息を吐きだしてから、語りはじめた。
彦五郎の妹の多恵は房州の小大名・木村備前守の用人のもとへ嫁《とつ》ぎ、一男一女をも

うけた。が、あるとき、夫のもとへ遊びにきた備前守に見そめられ、閨《ねや》の相手をつとめることとなった。

「あとで事を知らされて、わしは激怒したがな、すでにして遅かった」

ただの一度きりの閨事ではあったが、多恵は懐妊《かいにん》。それが備前守の子であることは、当の多恵はもとより、備前守、そして夫にも明らかだった。

しかし備前守には正室があり、それとの間にできた嫡男《ちやくなん》もいる。おまけに、その奥方は嫉妬《しつと》ぶかいことでも有名で、備前守としては、何とか内密にしてすませたい。

表向き、問題はほとんどなかった。

生まれてきた子――辰之介は夫の次男として普通に育てられ、その夫は出世して、禄高《ろくだか》を加増された。さらには、見舞金だの報奨金《ほうしようきん》だのの名目で、おりにふれて実質上の［養育費］が多恵本人に送られることとなった。

「……おのれ自身の恥も、さらさねばならんな」

つぶやいて、彦五郎は以前にも一度、遠野道場が経営難におちいったことがあり、そのおりに、備前守に援助をあおいだことを打ち明けた。

「最初は多恵に、借財を申し入れただけなのじゃがな」

それを耳にした木村備前守が、辰之介を彦五郎の養子にどうか、と勧めた。自分の血をわけた子である辰之介の将来を案じたのである。

「なるほど、わしには跡とりとなる子がおらん。しかも、辰之介はいつのまにか剣術好きの少年になっておった……」

「いや、たしかに、すじがいい。なかなかの腕前ですよ」

と、ここではじめて源三郎は口をはさんだ。

ともあれ、辰之介は実の伯父《おじ》である彦五郎の養子となり、

「すべては丸くおさまる」

かと見えた。

誤算が生じたのは、辰之介が脇坂柳太郎らと出会ってしまったことである。

「うっかり泥酔《でいすい》したところを助けられたのは、嘘ではなかったようだ」

しかし、それからさきがいけなかった。

脇坂らは、辰之介が遠野道場の後つぎであることを知り、

（何か、利用できるのではないか）

と考えた。そのうえで、いろいろと辰之介の身辺をしらべているうちに、さきの「秘密」――彼の生母・多恵と木村備前守とのことを嗅ぎつけてしまったのである。

さすがに大名そのものを脅迫するような真似はできなかった。が、彼らは多恵ら夫

婦をゆすり、彦五郎にもそれとなく、

「金品の提供」

を求めるようになった。

「わしは受け入れようとはしなかったがな」

「それで、どうなんでしょう。辰之介さんは、真相をご存じなので？」

「いや、はっきりとは知らんであろう……薄々は何かある、と気づきだしているようじゃが」

「知るか知らぬかは、あの浪人どももしだいというわけですか」

「……ふーむ」

無理に連れていかれたのか、あるいは進んで同道したものか、いずれ、辰之介は脇坂たちといっしょにいるようだ。

源三郎はそこに、なにがしか危険なものを感じた。

それだけに、

「目下、いちばんの命題」

はやはり、彼らの行方をさがすことのほかはなかった。

かたや、おみつは健太に伍助もまじえて、昨夜脇坂の駕籠を見失った穴八幡の界隈をさぐってみた。何しろ、見るからに無頼《ぶらい》で、目につく浪人たちである。

（だれか、眼にとめた者はいないか）

と、聞き込みをつづけたが、まったく無駄に終わった。

そうして一同、手分けして、さんざんさがしつづけたものの、脇坂らの行方はわからず、何も新たな手がかりが得られぬままに、丸一日がすぎようとしていた。

そこへ、である。源三郎らの努力をあざ笑うかのように、またぞろ辻斬り事件が起こった。

しかも、であった。

事もあろうに、［湯屋守り］として源三郎が担当する霊岸島の東部、大川端と隣りあわせた四日市《よっかいち》町での出来事で、当の湯屋がからんでいた。

だが、このたびは先夜のような銭湯の主人でもなければ、使用人でもない。

［鶴湯］なる湯屋からの帰りの客が、犠牲になったのだ。

湯屋の主人一家や、そこではたらく者たち――湯女《ゆな》や三助らを守るのも、源三郎の仕事だが、

「湯屋の客の安全を確保する」

ことも課されている。

ある意味では、むしろ、そちらのほうが大事だった。

そして湯屋そのものではなく、その周辺で起こったことであっても、知らぬ顔はしていられない。

それだけに、考えようによっては、

［湯屋守り源三郎の出番］

がきたのであり、動きやすくなったとも言えた。

これまでも組合の世話役の八右衛門などは、一見管轄外の役割をひきうける彼を、理解してはくれていた。が、こうとなれば、

（何の気兼ねもなく、じっくりと探索に専念できる）

のである。


さて、その晩、知らせをうけて源三郎が現場に駆けつけてみると、すでに被害者の遺体は四日市町の自身番屋にはこばれたあとだった。

番屋には、黒米ら数人の町方役人と土地の岡っ引きらがいて、土間におかれた遺体を検死役がしらべていた。

「みごとな腕前だ」

検死役がおもわずつぶやいたが、遺体は臍《ほぞ》のあたりから胸部にかけて［逆袈裟《げさ》］の格好で、ほとんど一太刀で斬られている。

「これまでと同一犯ですな」

と、黒米が言い、

「おそらくは……」

検死役が応える。

黒米の肩ごしに眺めながら、

（脇坂か、もしくはその仲間のしわざだろう）

と、源三郎は思った。自身は直接に手をくださないと言っていたようだが、つねに［血のにおい］がしていることはいっしょで、あるいは脇坂本人かもしれない。

いずれにしても、脇坂らの一味であることは、まず疑いなかった。

さらに、このたびは目撃者があった。

与作《よさく》という名の、

［鶴湯の三助］

で、年齢は三十なかば。親しくはないが、源三郎も顔ぐらいは知っていた。

殺しの現場でも簡単に事情は聞いたらしいが、番屋の奥の小座敷にその与作をとどめおいて、あらためて黒米らは彼の話に耳をかたむけた。

ゆるされて、源三郎もその場に立ち会うこととなった。

それによると、この夜、与作は「仕舞《しま》い風呂」ののちも居残って、長いこと仕事をやらされた。

自分の持ち場の片付けばかりか、

「裏の小屋から釜焚《かまだ》き場へ薪《たきぎ》をはこぶ手伝いまでいたしましたのでね、だいぶ遅くなっちまいまして……」

すべてを終えたのは、四ツ（十時）ごろだったと言う。

与作は住み込みではなく、通いの三助で、霊岸島の西南方、川口町に彼の住まう長屋はあった。

その川口町へ帰ろうと、鶴湯を出て、暗い夜道を歩いていると、向こうから一人の商人風の男がやってくる。

「おたがい提灯《ちょうちん》を持っていましたので、間近になれば、姿格好が見える……そしたら、あたしをひいきにしてくだすってる五郎蔵《ごろぞう》さんじゃないですか」

五郎蔵は鶴湯によく来る客で、与作と同年輩だったが、日本橋は横山町の金物問屋

［丸茂《まるしげ》］の若主人だった。

当夜も、仕舞う直前の六ツ（六時）ごろに湯浴みに来て、

「掛け取りをしてまわった帰りとかで……」

集金した銭のはいった財布を番台にあずけてから、湯殿にはいり、与作に［垢《あか》すり］を頼んだ。――

そこまで聞いて、源三郎はわきの黒米と顔を見あわせた。

（……やはり、金めあてか）

と思ったのだが、ともかく、話のつづきを聞かねばならない。

五郎蔵が鶴湯を出ていってから、もうかなりになるし、

「風呂あがりに、どこかで一杯やってきたようで……」

提灯の明かりに映えて、紅潮した五郎蔵の顔がてかてかと光った。

彼が大枚を懐中にしているのを、見て知っているだけに、与作はすれちがいざま、

「夜道の一人歩きは危のうございます。くれぐれも、ご用心を……」

わざわざ耳打ちしてやった。

それから十町ほども進んで、与作は、こんどは長崎町のとばくちあたりで、三人連

れの浪人と行きちがった。

「まさか、こっちの提灯を突きつけてやるわけにはいかず、よくはわからなかったんですけどね」

浪人者のうちの一人に、与作は見覚えがあるような気がして、ふいと足をとめ、首を捻った。

(ひょっとして、あの浪人者も今夜、うちの湯に来た客ではなかったか)

思いだした。それも仕舞い湯のまぎわ、五郎蔵と同じ頃あいである。そうであれば、その浪人も、五郎蔵が番台に財布をあずけているのを見た可能性がある。

「どうにも妙だ、こいつは何かある、と思いましてね。提灯の火を吹き消すと、引きかえしてみたんです」

すると、行く手で凄絶《せいぜつ》な悲鳴があがり、五郎蔵が最前の三人の浪人たちにかこまれているのが見えた。

とっさに与作は路傍《ろぼう》の木の蔭《かげ》に隠れたが、瞬間、いっそう凄《すさ》まじい叫び声。そして五郎蔵が手にした提灯が宙に飛び、燃えて、ひらめく白刃の影がうかびあがった。

すぐにあたりは元の闇と化し、静寂がよみがえった。

「あたしは恐ろしくて、しばらく金縛《かなしば》りにあったようになって、動けずにいたんですが……」

はっと我にかえり、与作が現場に行ってみると、浪人たちの姿は失せていて、五郎蔵が変わり果てた姿で倒れていたのだという。

翌日になって、与作のほかにも一人、下手人らしき浪人たちを見た者がいることがわかった。

永代橋の西詰にある居酒屋［千鳥《ちどり》］の主、千吉《せんきち》という者だが、彼は、［直接の目撃者］ではなかった。

千鳥は未明近くまでやっている店で、千吉が一人で切り盛りしていた。五、六人ほどしか坐れない手狭《てぜま》な飯台と、これも同じくらいの広さの小上がりしかない。

知らせを聞いて、その千鳥まで足をはこんだ源三郎と黒米に向かって、千吉は語ってきかせた。

昨夜の四ツ時分、浪人風の侍が二人で来て、小上がりの座敷で酒を飲みはじめたという。

「いや、飲んでいたのは片方の年上の浪人だけで、もう一方の若いのは相手の話に相づちを打ちながら、もっぱら水ばかり飲んでやしたねぇ」

そこへ、ほどなく仲間らしい三人連れが現われ、その席にくわわった。

「たがいに小声でささやきあっているので、話までは聞こえてきませんでしたがね……何だか、えらく薄気味のわるい連中でしたよ」

一人などは着物の袖口に赤い血のりがついていたし、みなで一つの財布を順にまわし、中身をのぞいていたのも怪しい。

「浪人者が持つような小体《こてい》の巾着《きんちゃく》ではなくて、口のひろい頑丈《がんじょう》な代物……どう見ても、あれは商人のものです」

一ツ刻（二時間）ほどもいて、夜半すぎには五人全員して引きあげていったが、一夜が明けて、千吉は四日市町での辻斬りの話を耳に入れ、

（あいつらだ……絶対にまちがいない）

そう確信して、みずから近所の自身番屋にとどけでたのだった。

「ゆうべは暇で、ほかに客がなかったこともあって、一人一人、顔もかたちもよく覚えています」

とも告げて、千吉はそれぞれの人相を明かしてみせた。そしてそのうち、あとから来たという三人に関しては、鶴湯の三助、与作が言ったのと、おおむね一致してい

た。

その夜、千吉と与作の供述をもとに奉行所のお抱え絵師が描いた人相書きの似顔絵を見て、源三郎は天をあおいだ。

千吉から口で言われたときにも、

(似ている)

と思ったのだが、

(……まさか)

即座に否定したのだ。

最初から千鳥にいた二人連れの一方が、なんと、遠野彦五郎の甥であり、養子でもある辰之介にそっくりだったのである。

他の三人については、与作の供述も得られているのにくらべ、この二人は千吉一人の記憶によるものでしかない。

しかし、千吉が見たという「片方の年上の浪人」の画が、源三郎の知る脇坂柳太郎に、じつによく似ているのだ。ほそおもてで、右目のわきに、あの黒々とした大ぼくろが描かれている。これが脇坂であれば、いる。

「もう一方の若いの」

はやはり、辰之介であるとしか考えられない。

むろん、あり得ることではあった。

ひとのよい辰之介に、浪人どもが、

「ほとんど取りつくようなかたちであった」

とはいえ、彼らがつきあっていたのは事実だし、数日まえからはともに姿を消している。

だが、二人だけは居酒屋「千鳥」にいて、辻斬りの現場にはいなかったということも確かのようで、だとすれば、

「昨夜の五郎蔵殺し」

には、辰之介は直接かかわっていないことになる。それだけが救いであるし、

(今後とも、そのようなことがなければいいが……)

ふたたび源三郎は、こんどは祈るような気持ちで、天をあおいだ。

第五章　おけら長屋の春

一

奉行所のお抱え絵師が描いた人相書きはふつう、これも奉行所と特約をむすぶ板木屋《はんぎや》にまわされ、適宜《てきぎ》の数だけ刷られて、罪状を記した紙とともに高札場《こうさつば》にかかげられる。街なかの、

［庶民が多くあつまりそうな場所］

に貼りだされる場合も、ままあった。

見世物《みせもの》小屋や居酒屋、一膳飯《いちぜんめし》屋といったところだが、いちばん人目につくのが、

［湯屋の脱衣場の壁］

にほかならない。

そこで、このたびも、

「江戸市中のおもだった湯屋に配布しよう」

ということになり、大井の要請によって、源三郎が湯屋組合側との交渉にあたることになった。

むろん、ほとんど公儀《こうぎ》からの命令のようなものであり、組合としては、断わる道理もない。

事はきわめて簡単に進むはずであった。が、肝心の源三郎がためらってしまっている。

これこそは、「公私混同」の最《さい》たるものと言われてもしかたがないが、脇坂や飯塚ら他の者の人相書きはともかく、辰之介のそれだけは貼りたくない。

多恵という辰之介の生母に、育ての親であるその夫。また、実父の木村備前守らへの配慮も、ないではない。が、それより何より、

（大恩ある遠野先生に申し訳ない）

との思いがさきに立ってしまうのである。

そうやって、源三郎が逡巡《しゅんじゅん》しているうちに、またぞろ大きな事件が起こってしまった。

これまでと同様、「人殺し」にはちがいないが、辻斬りではない。

なんと、こんどは辰之介の遺体が隅田の大川に浮かんだのである。それも全身を、

「なますのように切り刻まれる」

という無惨《むざん》な殺され方であった。

辰之介の遺体は、毎朝、大川の河口の漁師町であさり採りをしている少年によって発見された。

江戸湾で操業する漁船をもやうための杭《くい》に、引っかかっていたのだという。

その朝、源三郎は、

（ここはやはり、一刻も早く脇坂ら浪人どもをさがしだすべきではないか）

と考えなおした。そのためには、

「辰之介をふくめた人相書き」

が、江戸中の湯屋に配られてもしかたがない。

そうと心さだめて、亀島町の湯屋組合に行こうとした矢先、黒米《くろごめ》からの使いが来て、辰之介の死を知らされたのである。

（そんな……嘘だろう）

源三郎は自分の耳を疑った。

予想外のことでもあり、驚きや嘆き、怒りよりも、しばし彼は茫然《ぼうぜん》となってしまった。

しかしいつまでも、そうしてもいられない。

源三郎は、同じ長屋の斜向《はす》かいに住む文太夫のもとへ立ち寄り、事情《わけ》を話して彼を誘うと、いそぎ漁師町に向かった。

辰之介の遺体はむしろをかけて、まだ大川河口の岸壁の上におかれていた。それをかこむようにして、黒米ら町方役人が立っている。

源三郎らが来たことに気づくと、黒米はふりかえり、

「このたびばかりは、空木《うつき》の若……いや、源さんには知らせまいとも思ったんですがね」

いかにも心苦しい、といった表情をうかべた。

「死体《ほとけ》が死体なもんで……」

なるほど黒米は、源三郎と辰之介との間柄を知っていた。旧師・彦五郎のことをおもんぱかって、源三郎が、例の人相書きの手配に関し、

「二の足を踏んでいること」

までも察しているようだった。

そのわりには、あいかわらずの無神経さで、源三郎と文太夫が黙っていると、

「どう見ても、この一件は仲間割れだな」

などと、つぶやいている。

が、一般的にはたしかに、そういう見方が有力だろう。

源三郎らのために、黒米は供侍《ともざむらい》に言いつけて、遺体をおおった藁《わら》むしろを除かせた。

あらわになった辰之介の遺体には、首といい、胸、腹、手足といい、無数の傷痕《きずあと》が残されている。

その様子が、黒米の言う「仲間割れ」の実態をものがたってもいるし、最前帰ったという検死役の話からも、それは類推できた。

検死役は、

「被害者は昨夜遅く、多数の者の手で斬殺され、遺体はそのまま大川に投げこまれたものだ」

と結論づけたというのである。

だが、少年時代の素直でくったくのない辰之介や、元服《げんぷく》した現在《いま》の気がやさしく、

ひとのよさそうな様子を思えば、仲間割れなど、できるはずもない。それどころか、（脇坂や飯塚らにさからったり、あらがったりできなかったからこそ、ずるずると引きずられてしまったのではないのか……）

源三郎は眉《まゆ》をひそめて、文太夫のほうを見た。

その文太夫は腰を落とし、あらためて遺体を観察していたが、ふいと鼻をひくつかせて、

「何やら、かすかに酒のにおいがしますな」

「酒のにおい、ですか」

と、みずから遺体に鼻を近づけ、

「ふむ。そういえば……」

言ったなり、源三郎は首をかしげた。

辰之介の遺体は一晩中、大川の水に洗われていたはずだった。

だからこそ、検死役もそこまでは気づかなかったのだろうが、それでもなお、体内に酒精が残っているとすれば、相当に大量の酒を飲んだことになる。

しかし辰之介はほとんど下戸《げこ》というに近く、居酒屋「千鳥」でも、

「酒は一滴も飲んでいなかった」

と、主の千吉が証言しているのだ。

「これはきっと、辰之介どの、無理に飲まされたのですな」

「脇坂や飯塚……あの浪人どもに？」

「さよう。そうでなければ、いかに多勢に無勢とはいえ、辰之介どのほどの使い手が、そう簡単に殺されるはずもない」

稽古試合のかたちとはいえ、現実に辰之介と立ち会った源三郎も、それには同感であった。

（あの身の軽さ、絶妙の足さばきならば、一太刀二太刀うけたとて、上手《うま》くかわして、逃がれられるはず……）

立ち会ったおりの辰之介の剣すじを思いだしながら、源三郎は言った。

「うまいことだまされて、酔うほどに酒を飲まされた……もうろうとしかけたところに凶剣が殺到した、と」

「おそらくは、そういうことでしょう」

そのとき、源三郎は背後に人の気配を感じた。

口をつぐみ、首をめぐらせると、真白の髪をたばねて総髪にした初老の男が立っている。

辰之介の養父――遠野彦五郎である。

こころなしか目尻の皺《しわ》が増え、額にきざまれた縦皺もいっそう濃くふかくなっていた。

最前、使いの者が来て訃報《ふほう》をもたらしたとき、源三郎は、

(遠野先生には、どう伝えよう……いや、はたして自分が伝えてもいいものか)

判断に窮《きゆう》した。

が、自分が知ってしまった以上、知らせぬわけにはいかない。

源三郎は黒米からの使者に、

「すまねぇが、その足で小石川の牛天神わきの遠野道場へ行ってもらえまいか」

と頼み、伝言を託したのだった。

案の定、彦五郎は、

「物言わぬ死体」

と化した辰之介を目《ま》のあたりにして、顔面蒼白《そうはく》となった。人まえだけに、さすがに涙は見せないものの、顔をゆがめ、大きく唇をふるわせて、

「あのまま、放置しておけば、いつか……いつか、こんなことになるのではないか、

と恐れておったのじゃ」

しぼりだすようにして声をもらした。

「遠野先生……」

よびかけたきり、源三郎は絶句して、もはや言葉もない。彼はただ心中で、

（一つには、このおれのせいだ）

と思っていた。

（何とかしてくれ、と頼まれ、おひきうけしたというのに……）

つぎからつぎに起こる難題に手を焼き、辰之介と脇坂らとのあいだを割《さ》くことはおろか、事ここにいたるまで、ほとんど何もできないでいた。

源三郎は悔いた。

が、いくら悔いても、辰之介の生命《いのち》はもどらない。もはや遅かった。

二

かつては過失とはいえ、おのれの手で、遠野道場での親友だった片桐哲之丞《かたぎりてつのじょう》を死にいたらしめた。

こんどは同じ道場の跡とりたる辰之介が、見るも無惨な格好で斬殺された。まさに「嬲《なぶ》り殺し」というほかはない。

それも、源三郎らが早め早めに手を打っておけば、

（むざむざ死なずにすんだかもしれない）

のである。

二つの事柄は、ほんらいまるで異なったものなのに、なぜか源三郎のなかでは重なってしまう。

夢に出てくる哲之丞が、急に辰之介の姿に切り替わったりするのだ。

当然のことに、源三郎は落ちこんだ。

稼業であるはずの湯屋の見まわりにも出かけようとはせず、かといって、黒米らを手伝っての探索にも行かずにいる。

ひねもす長屋の自宅で寝ころんですごし、表店《おもてだな》の信濃屋にすら顔を出さないほどだった。

それと知って、おみつはひとり、源三郎の住まいをおとずれた。いつものように上がり框《かまち》に腰をおろすと、珍しくやさしい口ぶりで彼をなだめる。

寝床から這《は》いだし、おみつと向きあって、畳敷きの上に腰をおろしはしたものの、

依然、源三郎は黙りこみ、ふさいだままでいる。

そこでおみつは、逆に持ちまえの［鉄火気質《てっかかたぎ》］を発揮して、目のまえの琉球畳《りゅうきゅう》を拳《こぶし》でたたき、

「なによ、いつまでも、女々《めめ》しいわね」

威勢よく発破《はっぱ》をかけた。

「だいたい先だって、あたしに向かって、松吉爺《じい》さんのあだ討ちをしろって、けしかけたのは源さんよ」

「あだ討ち？……そんなことを言ったか」

「そうよ。あたしと仲よしだった松之湯の松吉さんを殺したのは、脇坂の一味……源さんに言われて、あたしが井筒にもぐりこみ、それがわかったんじゃないの」

「……ふむ」

と、源三郎はうなずいた。

「あのときはお手柄だったな、おみつちゃん。おかげで、脇坂と藤浦藩留守《るす》居《い》役の梶沢とが結託し、新たな贋《にせ》ろうそく作りをもくろんでいたことも、明らかになった」

そのいわば［副産物］として、一連の辻斬り事件の犯人までも判明したのだった。

「霊岸島の四日市《よっかいち》町で金物問屋・丸茂《まるしげ》の若主人を襲った辻斬りも、同じ脇坂の一味な

んでしょ」

「そいつは、まず、まちげぇねぇ」

「辰之介さんを殺したのだって、いっしょじゃないの」

「たぶんな」

「いずれも同一犯で、しかも下手人がはっきりしたんだもの、以前とはずいぶんとちがうわよ」

そうなのだ。大きな犠牲はあったが、捜査はかなり進展している。

少なくとも、ここしばらく源三郎の周辺に起こり、江戸市中を騒がせている事件が、べつべつのものではなく、相互に関連していることは見えてきた。

一見、てんでんばらばらのようだが、

「すべて根は一つ」

なのである。

源三郎の旧師・遠野彦五郎の頭を悩ませていた、遠野道場の衰退と暗い行く末。同じおけら長屋の住人・田所文太夫の過去……彼自身がかかわった、

「藤浦藩の道普請《ぶしん》にからむ旧悪」

が、いまなお尾をひいている事実。

国もとの城代家老たる奥山大蔵《たいぞう》を黒幕に、江戸留守居役の梶沢荘兵衛《そうべえ》と脇坂柳太郎《りゅうたろう》とが、贋ろうそく作りをくわだてた。それはひとまず頓挫《とんざ》したものの、脇坂らの一味は、

［凶悪な辻斬り強盗］

を、いまもつづけている。

そしてその脇坂たちこそが、彦五郎の苦悩の［元凶］だったのだ。彼の養子の辰之介に取りついて離れずにいて、ついには、

［辰之介が闇討ちされる事態］

に立ちいたった。

どれもこれもが、一連なりにつながっているのである。

それも、頭と尻尾《しっぽ》がくっついて、［輪］のようになっており、切れ目がない。

源三郎はおみつに、図式を解くようにして、そうした経過を語ってきかせたのち、

「いったん、どこかを断ち切らないと、どうにもならないな」

と言った。おみつは相づちを打って、

「もちろん、断つところは決まっているわよね」

「脇坂たちだ。草の根わけてでも、やつらを見つけだすことさ……当面は、それ以外

にない」

「あだ討ちね、辰之介さんの」

「いいや、そればかりではない。松吉さんや金物問屋の五郎蔵《ごろぞう》さん……罪なく殺された、すべての人たちの弔《とむら》い合戦さ」

応えて、こんどは源三郎が拳をかため、頭上に強く振りあげてみせた。

亀島町の詰め所の世話役・八右衛門《はちえもん》を通じて、湯屋組合の重役衆と話をつけ、すでに江戸市中のおもだった湯屋・銭湯には［人相書き］を配布してもらった。

湯屋だけではない。辻々の高札場はもとより、大勢の客で賑わう居酒屋や料理屋、［当世人気の芝居小屋］にまで貼ってもらったが、たまさか各地の番屋や大番屋にとどく「見た」との知らせは、［偽《がせ》の情報］ばかり。源三郎も、黒米らの町方役人もまた、容易に動きだすことができなかった。

一方、おみつはほとんど毎日、下っ引きの健太や伍助と交代で、深川とは一里（約四キロ）ほども離れた穴八幡《あなはちまん》に足をはこんでいた。

仲居に扮《ふん》して井筒にもぐりこんだ晩、おみつは駕籠《かご》で脇坂のあとを追ったが、ちょうど穴八幡の手前のあたりで脇坂の駕籠を見失ってしまっている。

あとで彼女は、いくつかの駕籠屋にあたり、あの夜、井筒の玄関先から脇坂を乗せた駕籠かきをさがしだした。

その者たちも、脇坂は、

「八幡さまの門前で降りやした」

と、証言したのだ。

とすれば、やはり、その付近がその夜の脇坂の行く先で、穴八幡の周辺に、彼自身の住まいか、他の仲間たちの隠れ家か、

「何かしら縁のある場所」

があると見るほかはない。

それで、おみつらは通いつめたのだが、こちらもまた、いっこうに手がかりが得られずにいた。

過日、源三郎は、小石川の実家から牛天神わきの遠野道場に立ち寄っての帰りみちに、脇坂一味の一人、飯塚兵七郎《へいしちろう》と富坂下ですれちがい、奇異なものを感じている。

その飯塚には顎《あご》の下に大きな三日月形の傷痕があるが、連中はみな目つきがわるく、だれもが顔に刀傷の一つや二つ、こしらえていた。

それほど目立つ浪人者が四人、五人とあつまり、徒党《ととう》を組んで歩いたりすれば、直接おみつらが出会わなくとも、

(必ずや、近所のひとの目に触れるであろう)

はずなのである。

にもかかわらず、三人で手分けして、片っ端から聞き込みにまわっても、何の噂話もはいってはこないのだった。

源三郎は筆頭与力の大井勘右衛門《かんえもん》や、長兄の和泉守《いずみのかみ》総一郎に相談をもちかけ、藤浦藩の江戸屋敷につめる梶沢荘兵衛の線から、さぐってみようともした。

が、大名家の問題は、

「それぞれの家中で解決するのが常道」

であり、それでも駄目となって、はじめて幕府の役人——大目付《おおめつけ》らが出張《でば》ることとなる。

「いかな町奉行といえども、おいそれとはいかぬのだ」

そう言って、総一郎は困惑げに首を揺すってみせた。もしや他の幕吏《ばくり》たちとの調整や話し合いがつき、調査に乗りだせたとしても、それは相当な大事《おおごと》となり、

「だいぶの時をついやすこととなろうぞ」

と、にべもない。

藤浦藩主・牧田雅楽頭葦成《うたのかみよしなり》がじきじきに送りこんだ使者兼密偵の太刀川勇人《たちかわはやと》のほうも同様で、彼個人がしらべたものを、

「とにもかくにも、一度国もとへ持ち帰り、殿のご意向、ご裁断を得てからでなければ、何事もなすことはでき申さぬ」

とのことである。

ただ太刀川は、梶沢の近況については、自分が知り得たことを教えてくれた。

「このところ、梶沢はほとんど外出せず、鍛冶《かじ》橋の上屋敷にこもって、腹心たちをあつめ、善後策をねっておる模様でござる」

じっさい、源三郎の側でも、井筒のお福などに再度心付けを渡し、

「梶沢と脇坂がべつべつに姿をみせた場合でも、必ずまた伝えてほしい」

と頼んでおいたが、今のところ、まるで連絡は来ていない。

両人とも、先夜自分たちの世話をした仲居が、女目明かしのおみつだったとは気づいていないようだ。

だが、そろそろ脇坂一味の人相書きが市中に出まわりはじめ、彼ら自身の眼にとま

る可能性も大きくなった。

そのためでもあろうか、あれ以来、梶沢や脇坂ばかりか、他の浪人たちもまったく姿を隠してしまっている。

その後は［辻斬り騒ぎ］も起こらず、連中はみな、それこそは、［地下にもぐった］ふうで、ぶきみに鳴りをひそめているのだ。

江戸の町人らにとっては幸いと言えたが、源三郎やおみつ、黒米らとしては、よけいに、

「新たな手がかりが得られぬ」

こととなってしまったのだった。

三

そうして焦燥《しょうそう》にかられながら、時日ばかりがすぎていき、

（これは、八方ふさがりか）

と見えたとき、根津界隈の湯屋組合から連絡がはいった。

「権現《ごんげん》さま近くの湯屋の客に、人相書きの似顔絵とそっくりの浪人者を見かけたという者がいる」

その知らせを源三郎のもとへとどけたのは、日本橋亀島町の組合詰め所ではたらく事務方の乙矢だが、そのときも源三郎は信濃屋にいた。

まだ少し夕方の書きいれ時には間があって、客といえば、関亭万馬しかいない。

源三郎はおみつや健太、伍助らを相手に、

「今後の探索をどうするか」

話しあっている最中だった。

「とどけでた者は根津遊廓《ゆうかく》の太鼓《たいこ》持ちでしてね、人相書きに描かれていた、顎の下に三日月形の傷をもった男を見たと言ったらしいんで……」

そう乙矢はつたえたが、

（それは、もしかして飯塚ではないか）

と期待する反面、

（どうせまた、がせなのではないか）

とも思われる。

いずれ、根津遊廓には、かつては馴染《なじ》みの妓《こ》もいて、源三郎は通いつめた覚えがある。

それを知る万馬が、話を聞きつけて、

「駄目でもともとだ……昔なじみの菊奴《きくやっこ》はもういねぇだろうが、遊びがてらに行ってみればいいだろうさ」

「何ですか、その……菊奴って？」

と、仕切りの向こうの板場でそば汁《つゆ》の仕込みをしながら、主の安蔵が口を出す。

「あれ、まぁ、安蔵さんともあろうお方が、野暮《やぼ》なことを」

と、万馬は笑って、小指を突きだし、

「源の字のこれよ、昔のね……だいぶ入れこんでたみてぇだぜ」

「万馬さん、よしてくれねぇか」

苦笑まじりに言う源三郎を、怖い顔でにらみつけて、

「源さん、あたしも根津までお供しますから」

「いいよ。おみつちゃんは……いくら目明かしとはいえ、年若い娘が行って、あんまり面白いところじゃねぇ」

「だけど……」

「馬鹿なことは言いっこなしだ。遊んでる暇なんかありゃあしねぇ」

それよりも、とかたわらの健太のほうを見て、

「ちょいと健太を貸してくれ。健太一人でいい……何かあったら、使いっ走りをしてもらいてえんだ」

「合点でっ」

と、当の健太が応え、しぶしぶながら、おみつも承諾せざるを得なかった。

噂が独《ひと》り歩きして、おみつはいまも、源三郎が、

「飲む・打つ・買うの三拍子」

だと思っているが、じつはそうでもない。

彼が夜ごとに遊び歩いていたのは六、七年もまえ、二十歳《はたち》のころのことで、根津遊廓にもとんと無沙汰《ぶさた》をつづけていた。

灯《ひ》ともしごろともなると、どこの座敷からか早くも三味《しゃみ》の音が流れてき、客引きの「やり手婆《ばば》」が店先に立って、

「寄ってらっしゃいな」

道行く男衆をよびとめる。

軒をつらねる楼閣の格子《こうし》窓のあちらには、化粧をこらした娼妓《しょうぎ》たちが、あだっぽい

姿で腰をおろし、

「お兄さん、どーお？」

これまた、男どもに流し目を向ける。——

源三郎と健太の二人が根津に着いたのは、まさにその頃あいであったが、そうした花街の様子は、以前とほとんど変わらない。

だが、ここに暮らす人びとは、だいぶ変わってしまっている。

主や女将《おかみ》などはいっしょでも、肝心の妓《おんな》たちが昔と今とでちがうのだ。

たいていの娼妓は一定の年齢《とし》になると、他の遊廓や岡場所に移される。そうでなくとも、客は飽きが早く、つねに［新鮮な妓］を求める。

源三郎がひいきにした菊奴も、品川だか川崎だか、

「どこか遠くへ流れていった」

と耳にした覚えがある。が、さて、地元の湯屋組合の詰め所で源三郎が会った太鼓持ちも［流れ者］とみえ、まるで彼の知らぬ男だった。

その太鼓持ちは十文字《じゅうもんじ》屋の座敷によばれていって、飯塚らしき浪人者を見かけたというのだが、

「いいえ、あたしを座敷によんでくれたお客じゃァねぇんで」

「廊下で行きちがった程度かね」

「まぁ、そんなもんですが……」

一見して忘れられぬ顔だったので、権現裏の銭湯で人相書きの似顔絵を見たとき、

（こいつだ）

と確信したという。

そんなこともあって、気にかかり、十文字屋の者に訊《たず》ねてみると、

「何でも、以前から琴葉《ことは》という妓にぞっこんでいて、二、三日まえから流連《いつづけ》しとるんですわ」

「ほう、そこまで聞きこんだのか」

たいしたものだ、と源三郎はおもわず健太と顔を見あわせてしまった。

それならば手っ取り早いし、菊奴のいた店ではないが、かつて源三郎は十文字屋にも何度か足をはこんだことがある。

（ひょっとして、あのころのやり手婆がまだ……）

と思っていたら、はたして、十文字屋のまえに、見知ったやり手婆のおれんが立っているではないか。

ちょうど客足の増える刻限で、おれんは忙しそうにしており、

「客でないのなら、帰っておくれとでも言いたげな表情をうかべた。が、源三郎が一朱金をその手にそっと握らせて、

「……頼みたいことがある」

耳もとでささやくと、にたっと笑って、うなずきかえした。

一朱金の効き目は大きい。

むろんのことに、おれんは、琴葉のもとに流連している浪人者のことを知っていた。

いまは偽名を使っているようだが、おれんはまえに通っていたころの飯塚なる名のほうも覚えていて、名を変えたことじたいを怪しんでいた。

「あたしもね、これはきっと何かあると思っていたんです」

そのおれんの計らいで、源三郎は健太を戸外にひそませると、飯塚と琴葉のいる部屋の隣へ一人、こっそりと忍びこんだ。

隣室との仕切りは襖《ふすま》が二枚、その襖は蝶《ちょう》つがいで固定され、あかないようにはなっている。が、老朽化していて、建てつけがわるく、二枚の襖をちょっと左右に引くだ

けで、ごくわずかだが隙間ができた。

　さっきからずっと、隣室からは男と女の睦《むつ》みあう声や音が聞こえてきている。湯屋の男客のなかには、不埒《ふらち》にも女風呂をのぞきこもうとする者がいて、それを取りしまるのも［湯屋守り］の役目である。

（何やら、その者たちと似てはいまいか）

　頭をよぎり、ためらいはあったが、そういう場合ではない。

　襖の隙間に片目をあてて、のぞきこんだ。

　女の両足が、搔巻《かいま》きの裾《すそ》から突きだしている。大きくふるえて、反《そ》りかえり、こんどはかすかに顔が見えた。

　透くように白く淡い額に汗がにじみ、ふかい皺が刻まれる。そこに一本、黒いほつれ毛がからんでいた。

　どことなく華奢《きやしや》で、

（人形のようにはかなげな……）

　そんな印象を源三郎はもった。

　そのとき、上から女のからだを抱いていた男が、ふいと首をあげて、背後にめぐらした。

察せられたか、と源三郎は思ったが、そうではなかった。何の気のない所作で、すぐにまた男は女体のほうに首を沈めた。

瞬時のことではあった。

(しかし、飯塚だ、まちがいない)

源三郎は飯塚兵七郎を、実家へ帰った日に富坂で見かけただけではなく、辰之介と会ったとき、遠野道場でも脇坂たちといっしょのところを眼にしている。

(こいつを捕らえ、脇坂らのことを聞く絶好機だ……逃がすわけにゃあいかねぇ)

いそぎまた、忍び足で外に出ると、源三郎は健太をよんで、事情を話し、

「黒米の旦那んとこへ、一っ走りしてくんねぇ」

自分はここで見張っている、と告げて、送りだした。

十文字屋のわきの天水桶《てんすいおけ》の陰に隠れて、待つほどに、黒米が数人の供人と部下、健太をしたがえてやってきた。

「ご苦労さんで……」

と、軽く頭をさげてから、源三郎は、

「飯塚はまだ、琴葉とかいう妓の部屋にいるようです」

「そこから一歩も出てはいないんだな」

言って、黒米は源三郎から、琴葉の部屋の様子を聞いた。

結果、念のために、廊下の出入り口と反対側の窓の外に二名ずつを配して見張らせ、残りの全員で踏みこむことにした。

「……ほかに逃げ道は？」

「ありません。隣室との仕切りの襖はしっかりと止められておりますから」

「よし、行こう」

十文字屋の側には、すでに源三郎が話をつけている。

一同、ずかずかと土足のままに玄関間にあがり、源三郎の案内で廊下をつたい、最奥の部屋へ。

閨事《ねやごと》はすんだようだが、二人のいる気配はあった。

廊下側の襖の外に立つと、しばし呼吸《いき》をととのえてから、黒米は黙ったまま源三郎に目配せする。そして、手ずから襖をあけた。

「お上《かみ》のご用である……飯塚兵七郎、もはや逃がれられぬ。神妙にお縄につけいっ」

琴葉が悲鳴をあげて、立ちあがり、よろよろと歩いて、ふたたびくずおれ、部屋の隅にうずくまった。

最前のぞき見たときも、ふくやかではなく、瘦せて見えたが、間近にすると、思ったよりさらに小柄で、顔の造作も小づくりだった。

捕り方に気づくや、飯塚もまた、とっさに寝床を離れ、中腰の格好で、わきの刀掛けに手を伸ばそうとした。

すばやく、そちらへまわりこんで、源三郎は腰をかがめ、片手でその腕をつかんだ。力をこめて制しながら、空いた手をかためて、源三郎は飯塚の鳩尾《みぞおち》へ拳を刺し入れる。

「……ぐうっ」

と、飯塚が腹を押さえて、前のめりになったところへ、黒米を先頭に捕り方が三、四人、いっせいに押し寄せる。

あっという間に、捕り縄で飯塚の両手を縛りあげてしまった。

四

飯塚の身柄は、最寄《もよ》りの根津の自身番屋に連れていかれ、そこの座敷と土間とをかりて、さっそくの取りしらべがおこなわれた。

相方の娼妓・琴葉のほうは、

「一連の辻斬りや殺しとは直接、無関係」

ということで、十文字屋の女将らに命じて、一晩さきの部屋にとじこめておき、翌日「参考人」のかたちで話を聞くこととなった。


しかし、直接には関係がなくとも、そのじつ、

「辰之介殺し」

は、ほかでもない、その琴葉をめぐっての「内輪《うちわ》の争い」が背景にあることが、飯塚の供述からわかった。


もともと飯塚は、辰之介に取り入ったり、彼を自分たちの仲間のように扱ったりすることに反対していたという。


ところが、たまたま自分たちの掌中《しょうちゅう》に飛びこんできた若者が、養子とはいえ、

「遠野道場の御曹司《おんぞうし》」

だとわかり、あまつさえ、木村備前守の「落し子」であることがわかった。


うまくすれば、大きな金づるとなる。これを利用しない手はなかった。

「脇坂め、辰之介をおれたちの手のうちから逃がさないようにする……そのための策をねろうとまで言うじゃねぇか」

そうして辰之介を［籠《かご》の鳥］状態にするために、脇坂が考えだしたのが、辰之介を根津遊廓へと誘いだし、琴葉を抱かせることだったのだ。

これにも、飯塚は異をとなえた。

琴葉は、飯塚が根津ばかりか、江戸市中の廓《くるわ》の娼妓のなかで、いちばん気に入り、

「いずれ、大金でもつかんだら、身請《みう》けして、どこぞ遠国《おんごく》にでも逃がれようと思っていたほどの女だった」

からである。だが、

「たかが一介の女郎《じょろう》ごときに、執着するなぞは愚か」

と、みなにからかわれ、

（一度きりなら……）

と、飯塚もその脇坂の案をみとめることになった。

それが、しかし、［ただの一度］ではすまなくなってしまったのだ。

十代のなかばすぎから、辰之介はその毎日を、ひたすら剣術の修行についやしてきた。

脇坂や飯塚らに根津遊廓の十文字屋へ連れていかれ、琴葉に会わされて、彼女を抱くまでは、世の女人《にょにん》には指一本、触れたことがなかった。

そんなこともあって、辰之介は琴葉に夢中になった。まさしく脇坂の「術中」にはまってしまったのである。

脇坂らは、琴葉への辰之介の思いをあおる一方で、彼を脅しつづけた。

辰之介はいまだ修行中の身で、行く行くは遠野道場の経営をになうべき立場。それだけでも「悪所通い《あくしょ》」はつつしむべきであろう。むろん、彦五郎の心底には、辰之介の出生にまつわる暗い秘密もわだかまっている。

くわえて、おのれが妻帯せずにいたために、後継者のことで悩んだ彦五郎は、

（なるべく早く、辰之介にしかるべき嫁をとらせよう）

と考え、本人にもそれを告げていた。

そうしたことをすべて辰之介に聞いて、知っていたから、脇坂が彼をあやつるのは簡単だった。

何か、事あれば、

「根津の琴葉とのこと、養父どのに申しあげましょうかね」

と、脇坂はすぐにそう言い、そのたびに辰之介は、両手をあわせて、

「それだけは勘弁してくれ」

と懇請《こんせい》したのである。

飯塚は、おのれの惚《ほ》れた琴葉を、

（辰之介に寝とられた）

ような気分でいたが、あれこれと脇坂にさとされて、ずっと耐えてきた。

（だが、我慢にも限界ってものがある……）

辰之介が、飯塚らの［辻斬り］を非難しはじめたとき、それは沸点に達した。

根が生《き》まじめで、まがったことの嫌いな辰之介のことである。彼は脇坂らの行為をとがめだて、

「わけても、殺した町人のふところから金を奪うなぞは、もってのほか……武士として、恥には思いませぬか」

そう言ったあげくに、自分が奉行所に訴えてでる、とまで口にする始末。

「面倒になり、始末しよう、とこれはおれが言いだしたんだが、こんどはだれも反対はしない」

と、飯塚は供述する。

ここで黒米の了解を得て、源三郎が、

「脇坂も承知したのか」

と訊《き》いた。飯塚はうなずいて、

「承知どころか、おれたちのやり方をあげつらう辰之介の話を聞いてやる振りをして、酒を飲ませた」

「……やっぱりな」

辰之介の遺体があがったとき、源三郎や文太夫が推察したとおりだったのだ。

酒に弱い辰之介は小さな猪口《ちょこ》に一杯、二杯の酒で酔う。

ふらりとしたところに、みなで襲いかかって、彼の首を押さえつけ、口にそそぐ格好でさらに飲ませた。

酩酊《めいてい》し、辰之介がほとんど意識を失ってから、浪人たちはいっせいに刀を抜いて、彼のからだを切り刻んだのである。

いずれ、脇坂は、

（もはや、辰之介は金づるとなり得ない）

と考え、むしろ足手まといになって邪魔だ、と判断したのだろう。飯塚らはそれに単純に賛同したのだ。

聞いていて、源三郎はあらためて憤怒《ふんぬ》をおぼえた。すぐにも飛びかかっていって、

（こいつを半殺しの目にあわせてやりたい）

と思った。が、そうもできない。

まだ肝心のことを訊いてはいなかった。

「脇坂らが、どこへ行方をくらましたか」

それを確かめてはいないのだ。

むろん、黒米も粗忽《そこつ》ではあるが、無能ではない。飯塚を捕らえて最初に彼は、そのことを知ろうとした。

「……わからねぇ」

と、飯塚は答えた。

「大番屋に連れていって、拷問《ごうもん》にかけてもいいが」

と、黒米は脅したが、無駄のようだった。

飯塚は嘘をついてはおらず、脇坂らの「最新の動き」は彼にもつかめていない。

それというのも、飯塚は脇坂らと仲たがいし、たもとを分かったうえで、仲間らのとどまる宿《やさ》を出たからである。

その「やさ」は本所のはずれにあったが、彼らは、

「今日は本所の舟宿、明日は浅草の旅籠《はたご》」

といった具合に、転々と居場所を変えていたから、どう見ても、同じところにいるはずがない。

そこまでは聞いていて、とりあえず黒米は、その本所の宿に配下の者を向かわせている。

いまは順序立てて、もう一度、飯塚の話をくわしく聞く段だった。

案の定、辰之介を殺害後、脇坂らは用心ぶかくなった。やがては一味のなかに、街へ出て例の人相書きを目にする者もあらわれ、外出すらも避けるようになった。

「だが、おれは逃げ隠れするのが、何より嫌いな性分でね」

というより、琴葉に会いたいという気持ちのほうが勝ったようだ。彼女を抱こうと、危険を承知で飯塚は根津まで来た。

「しかし、飯塚、おぬし、あの琴葉とかいう女のどこが、さように良いと申すのだ？」

つい気になった様子で、黒米が言う。背後で、健太がうんうん、とうなずいている。

二人がそう思うのも、もっともではあった。

琴葉はしょせん、

［銭かねで売り買いされる娼妓の身］であり、小柄で痩せ、貧相と言ってもいいからだつきをしている。性格も地味そうで、おとなしく、目立たない。が、おそらくはここにいる飯塚のみならず、辰之介をも夢中にさせたほどの［何か］があるのだろう。

「………」

飯塚は答えずにいる。きっと、彼自身にもわからないのにちがいない。

ただ、このときふいと源三郎は、隣室から襖の隙間ごしにのぞき見た琴葉の白い足と、さらに白く透《す》いた顔……それを、

（壊れやすい人形のようだ）

と感じたことを思いだした。

そういうものにこそ強くひかれ、愛《いとお》しく思う性《さが》が男にはある。——

「まぁ、いい」

と、黒米が言った。

「とにかく、琴葉に会いたいという思いが、おぬしの生命《いのち》とりになったってわけだ」

「脇坂の言っていたとおりだったたな」

飯塚が根津遊廓に行く、と打ち明けたとき、脇坂は危険だとしてみとめなかった。下手《へた》をすれば、

（他の仲間までも危険にさらす）

と考えたからである。

飯塚は、それを押しきることにした。

「かまわねぇ。ならば、おれはおめぇらとの縁を切る……一人で根津へ行くから銭をくれ、と頼んだ。女を抱くには金が要るからな」

脇坂は、金などはない、と突っぱねた。

「吉原や深川……それに、あちこちの岡場所で使ったじゃねぇか、と抜かしやがる」

脇坂と飯塚は激しく罵《のの》しりあい、刀を抜いて斬りあう寸前にまでなった。

が、ついに脇坂が折れた。［手切れ］のような格好で、

［しばらく根津で流連ができるだけの金］

を用意した。それを飯塚は、ほとんど掠《かす》めとるようにして、脇坂らのもとを離れたのだという。

「そこのところはしかし、正解だったかもしれねぇぜ」

源三郎が言った。

「飯塚、おめぇたちはな、はなから脇坂にあやつられていたんだよ」

源三郎は、おみつが井筒にひそんで聞いた脇坂の話を明かしてみせる。

「なんだとっ。やつめ、おれたちが町人どもを殺して奪った金までも、猫糞《ねこばば》してやがったのか」

「さようさ。てめぇの出世……仕官の口をつかむためにな」

黙りこんだ飯塚のこめかみに、みみずのように太い血管が浮きあがった。それと見て、

「どうだ、飯塚。脇坂らがどこへ隠れたか、見当だけでもつきはせぬか」

黒米が問いかける。

「……ふーむ」

と唸《うな》り、飯塚はうつむいて、

「やつらと別れて、もう三、四日になるからな」

つぶやいたが、ふいと顔をあげた。

「そういや、脇坂め、どこかに情婦《いろ》をかこっているとかで、ときどき会いにいっていたな」

「そこだ。頼む、飯塚、思いだしてくれ」

われしらず、黒米は懇願口調になっていた。

「おぬしを裏切り、他の仲間までもたぶらかしている男だぞ」

いま一度、大きく唸ってから、

「四谷だったか、牛込だったか……あのあたりじゃあねぇかな」

告げて、飯塚は黒米のほうを向き、

「ご同心、さっき、両刀といっしょに、おれの懐中にあったものを残らず持っていったな」

「ああ。懐紙《かいし》と巾着《きんちゃく》ぐらいだったがな……そこにある」

と、黒米は座敷の側の棚を眼でしめした。

「その巾着のなかをのぞいてみねぇ」

供人に言いつけて、持ってこさせ、黒米はみずから、なかを確かめ、

「一分金が一枚に、三文銭が十枚ばかり……けっこう、はいっておるぞ」

つぶやいていたが、

「おっ？」

と、眼を見ひらかせて、一個の筒状の紙片を取りだした。

「銭のほかに、こんなものが……」

「別れぎわにな、脇坂のふところから落ちたのを見て、何とはなしに拾いあげ、頂《ちょう》戴《だい》したのさ」

「脇坂は気づかなかったのか」

「……たぶんな」

と、顎をひき寄せ、飯塚は短く笑った。

「もしや、何かの役に立つやもしれん」

首をかしげながら、おのれの手にしたものを黒米はまじまじと眺めたのち、黙って源三郎に手わたした。

源三郎もまた、自分の鼻先にかかげて見た。すると、筒の片側に、

「一陽来復《いちようらいふく》」

なる文字が書かれていることに気づいた。

いつだったか、母の知佳《ちか》がお参りに行って、持ち帰ったことがある。

思いだした。

「牛込の総鎮守《そうちんじゅ》たる穴八幡」

独特のお守り札であった。

五

「飯塚が拾ったという穴八幡のお守り」

これが源三郎らにとって、一つの大きな「切り札」となった。

何となれば、過日おみつが、井筒から駕籠に乗った脇坂を尾《つ》けたとき、見失ってしまったのも、穴八幡界隈だったからである。ただ、

（あのあたりに、何か脇坂にかかわる場所がある）

と見て、その後、当のおみつや健太らが何度も聞き込みをこころみたのに、結局、何の手がかりも得られなかった。

「見当ちがい」というよりも、おそらくそれは、脇坂本人やその仲間たちばかりを追いつづけたからではなかろうか。

いまや、人相書きが出まわったことでもあり、脇坂たちはすっかり雲隠れを決めこんでしまった。

ましてや、彼らのもとを離れて、ひとり根津遊廓などに足を向けた飯塚が、捕らわれの身となったのだ。

もしその事実を知ったとしたら、よけいに脇坂らは用心ぶかくなる。ちょっとやそっとのことでは、首をのぞかせたりはすまい。

だが、さきに捕縛した飯塚の供述によると、脇坂には牛込か四谷あたりに情婦がいて、ときおりそこに通っていたという。

穴八幡は牛込の北のはずれ、四谷はその牛込の南隣で、そう遠い距離ではない。そしてそれが、もう一つの切り札――少なくとも、［糸口］にはなりそうだった。

しかし、である。

穴八幡は［高田八幡宮］ともいい、ふるくからの八幡信仰のお社《やしろ》で、付近は門前町になっており、数多くの民家にかこまれている。

それらを［しらみつぶし］に当たっていくのも一計ではあり、現に黒米ら町方役人はそれと似たことをやりはじめた。

が、そのやり方だと、一人暮らしの女人の住まいをさがすだけでも、相当な手間隙《てまひま》がかかりそうだった。

また［一陽来復］のお守り札を求めるのも、ごく近場の者のみとは限らない。

たとえば源三郎の母の知佳などは、わざわざ小石川から穴八幡までお参りに来て、お守りを買い求めて帰ったのだ。

もっとも、小石川も牛込のすぐ東でしかない。お守りが家々の柱や壁に貼られる冬至から節分の時季には、浅草や深川、日本橋……さらに遠い品川あたりからの参詣客もあるという。

そういう範囲のしぼりこみも難しいし、以前の自分たちの探索が無益に終わったこともある。

源三郎はともかく、おみつとしては、いま一つ、乗り気になれなかった。というよりも、

（どこから、どう動いていいものか）

それがわからずに、思案投げ首でいたのだった。

ところが、そこへ［朗報］がもたらされた。

その知らせをもちこみ、手柄を立てたのは、またしても三味線弾きのお香であった。

いつものように信濃屋で飲んでいて、彼女は源三郎やおみつに、

［脇坂とその情婦］の話を聞いた。

長屋の家に帰ってから、お香は、昔の芸妓時代の仲間が、穴八幡の近くに住んでいるのを思いだした。

「たしか芸者稼業から足を洗い、妹さんと二人で茶屋をやってるはずだと思ってね」

久しぶりに会って、昔話をしてもみたかった。そういうついでもあって、訪ねてみた。

先方は歓待し、芸妓のころの話で盛りあがったが、一段落してから、お香は脇坂の一件をもちだした。

「ほら、源さんにもらった人相書きの似顔絵があったから、見せてみたの……そしたら、ほかの男は知らないけど、脇坂の顔には覚えがあるって言うじゃないの」

だいぶまえに、客として来た。女連れで、その女はいまも、たまに茶屋に寄るという。

「お峰《みね》という名でね、くわしいことは語らないそうだけど……三味線を弾くっていうから、昔、あたしらと似たようなことをしてたんじゃないかってね」

それなりにつきあっていて、一度など、来客があるのに三味の糸が切れて困ったと聞き、妹が家までとどけたこともあるそうな。

「つまりは、そのお峰の住まいも、妹に訊けばわかるってことでね」

と、そこまでお香から聞いて、おみつはおもわず息をのみ、身を乗りだしていた。

「じゃあ、お香さん、わかったんだ」

「わかりましたよ、はい。妹さんに地図まで描いてもらったんだから……」

その絵地図を見て、

（……そうだったのか）

と、おみつは思った。

お香は、穴八幡に近いと言ったが、彼女の昔の仲間の茶屋じたいが社よりかなり北にあり、もう［高田馬場］とよんでもいい。

その馬場は、これより二百年ほどまえ、時の将軍・三代家光《いえみつ》によって、旗本衆の馬術の訓練や流鏑馬《やぶさめ》などをおこなうために造営された。

名の由来は家康の側女《そばめ》の一人、高田どの（茶阿局《ちやあのつぼね》）にちなむと言われるが、今日の地名でいうと、高田馬場よりもずいぶんと東、西早稲田にあたっている。

穴八幡の門前と裏手にばかり気をとられ、おみつたちは馬場近辺にまで［聞き込み］の範囲をひろげようとはしなかった。

（しくじったな）

という気もするが、あの時点ではしかたがない。どのあたりまで、しらべたらいいものか、見当がつかなかったのだ。

失敗といえば、やはり、脇坂の姿を見失ったことであり、途中で彼が駕籠を降りて歩いたということは、ひょっとして、おみつの尾行に気づいていたのかもしれない。

少なくとも、

（何か、おかしい）

と察せられてしまったのだろう。

だが、何にしても、お峰の住まいがわかったからには、

「あとは女目明かし、おみつちゃんにおまかせ」

である。まさしく、おみつにとっては正念場《しょうねんば》、名誉挽回《ばんかい》の時であった。

翌朝は早くから、おみつは健太、伍助の二人をしたがえて高田馬場にくりだし、お峰の家の見張りについた。

狙いはあくまでも脇坂とその一味で、これを取り逃がしては何にもならない。大人数では目立って、

「脇坂ばかりか、お峰までが警戒しよう」

そう伝えて、大井や黒米の了解を得、三人だけで来たのだが、家の内と外の両方を

見張らなければならない。

　その割り振りが、思いのほか大変だった。

　お峰の住まいは松林のなかの一軒家で、二間しかない平屋だが、茅《かや》でふかれ、萩垣《はぎがき》にかこまれていて、

「しゃれた、通人好みの家」

である。

　その家の近くの大木の蔭におみつが隠れ、健太と伍助はそこに通ずる一本道の曲り角ごとに、少し離れて身をひそめた。

　そちらの道をたどって脇坂もしくは使いの者でも来るかもしれず、その場合には、

「小石を投げて知らせあおう」

と、手はずをととのえた。

　だが、やはり。――

　いよいよ用心してかかっているとみえて、さすがに脇坂は姿を見せない。

　人の気配はあり、屋内にお峰がいるのは確かだが、彼女もまた、その日は一歩も外に出ようとはしなかった。

　夜間には健太と伍助が残って交代で「不寝番《ふしんばん》」をつづけ、おみつはいったん駕籠で

深川にもどったが、早朝また見張り役についた。

それでも、何の動きもない。

しかし二日目の夕刻間近になって、十歳ほどの少女が一人きりで、お峰の家を訪ねてきた。

見るからに垢《あか》ぬけておらず、

「近在の百姓の娘」

と知れた。

大木の蔭に隠れたまま、おみつが眼をこらしていると、少女はいったん屋内に招じ入れられたが、すぐに出てきて、元来た道をもどっていった。

(もしや脇坂に頼まれて、文《ふみ》でもとどけにきたのでは……)

はたして、それから半刻（一時間）もたたぬ間に、お峰が家のなかから現われた。

薄茶いろのおこそ頭巾をすっぽりとかぶっているので、顔つきはわからない。腰のあたりの肉《しし》おきは豊かだが、全体としては中肉中背である。

小石を投げて、おみつは手下の二人に注意をうながす。お峰が一本道を抜けて、表の通りに出たのを確かめてから、合流した。

「きっと脇坂のとこへ行くんだわ。わかってるわね、二人とも……あたしがさきに尾けるから、ばらばらにあとを追ってきて」

健太らに向かって耳打ちすると、おみつはそのまま尾行をつづけた。

そうとは知らずに、小さな袱紗《ふくさ》を手にして、お峰は北西の方角に向け、一心不乱に歩いていく。

馬場のあたりは松並木がつづき、木の間隠れに追っていけたが、しばらくすると、一面の田圃《たんぼ》のなかを行くようになった。

田植えまでには、まだだいぶある。どこもかしこも褐色《かっしょく》の土くれにおおわれていて、隠れひそむところはほとんどなかった。

が、おりしも夕方で、暮れなずむ中空にうっすらと靄《もや》がかかりはじめていた。よほどに凝視しなければ、一町（約百九メートル）ほどさきの物影も見えない。

それでも気をつけて、おみつは極力腰をかがめ、地を這《は》うようにして田中の道を進んだ。

六

四半刻（三十分）あまりのち、源兵衛《げんべえ》村、諏訪村、上戸塚村とすぎて、お峰は神田川のほとりへとたどり着いた。

道すじには古びた木の橋がかかっており、その真下に堰《せき》があって、そこを流れる水が、

「小さな滝となって落ちている」

ために「小滝橋《おたきばし》」と名づけられている。

穴八幡や高田馬場ほどに知られてはいないが、近辺では、古刹《こさつ》の観音寺《かんのんじ》とあわせ、

「ちょっとした景勝地」

になっており、夏の納涼のころには、けっこうな人出で賑わうところだ。

小滝橋のたもとには何軒かの茶屋もならんでいるが、時季のちがう今は、ほとんどが店をとじ、ひっそりとしている。

さて、お峰はこの橋を渡らずに、すぐ手前で右にまがった。

川にそって延びる踏み跡のような道を少し行くと、鬱蒼《うっそう》とした竹藪《たけやぶ》が見えてくる。

その奥にうずくまるようにして、一軒の廃屋《はいおく》があった。

そこは土地の地主が、

［神田川の細流《せせらぎ》と竹藪のふぜい］

にくわえ、［竹ノ子］をあてこんで、住居兼用の料理茶屋にしようとして失敗。そのまま放置したものだった。

そうでなくとも江戸のはずれで、元がさびれた寒村である。

小滝橋の周囲でさえも、人出があるのは夏場のみ。それが表の往還《おうかん》から離れているとあっては、どうにもならない。

地主が［売り物］の一つにしようとした竹ノ子は、いままさに旬《しゅん》ではある。が、だれも掘ろうとする者はおらず、ひたすら育ち、伸びるにまかされている。

その荒れた様子に、脇坂が目をつけた。というより、お峰に頼んで、近隣をさがさせたのである。

奥まっていて、人目につかない。それでいて、廃屋とはいっても、建てた地主がみずから住もうとしたほどで、屋内は相応に何でもそろっている。

捕り方の目をおそれて、脇坂の一味はこの［隠れ家］からほとんど離れずにいた。

数日かけて家の内部を補修しつづけ、米や野菜などの食糧は近くの百姓の娘を手なずけて、持ってこさせた。

むろん、それも［資金］があってこそ、できることだが、持ち金はしだいに底をつきはじめていた。

つねに行動をともにしているものの、基本的に脇坂は仲間の浪人たちを信用していない。

（いずれ、おのれ一人が、のしあがってみせる）

と思っているのだ。

そんなふうだから、飯塚らをだまして、せしめた金子の剰余《じょうよ》ぶんを、かねてお峰にあずけてあった。

そこで脇坂は、くだんの娘に文を託し、小滝橋まで、

「いくばくかの銭をとどけるよう」

お峰に申しつけたのだった。

脇坂が、わざわざお峰本人をよんだのは、

（会えなくなって、だいぶになる……）

と思い、ぜひに会いたいと願ったせいでもある。

それは、お峰のほうでも、いっしょだった。

いそいそと高田馬場の家を出て、脇目もふらず、ここまで一目散にやってきた。

脇坂らの待つ廃屋に向かうときにも、一度ちらと後ろを振りむいただけで、いっきに若竹の生える竹藪を抜けていってしまった。

それと見て、おみつは腰を低く落としたままに、竹藪の手前まで足を進めた。

すでに、あたりは薄墨《うすずみ》を溶いたほどの暗さになっている。

そのなかで、ふいと手燭《てしょく》の灯りがひらめいた。

お峰が廃屋の入り口に着いて、屋内に声をかけた。それに応えて、何者かが内側から戸をあけ、手燭をかかげて現われたのだ。

（……脇坂だ）

ほんの一瞬ではあった。が、灯火に映えて、その男の顔は、はっきりと見えた。

一度きりではあるが、おみつは［井筒］の座敷で脇坂を間近にしている。見まがうはずもなかった。

脇坂がそうさせたのか、ほかの者は出てこない。しかし、さらに何人かの者どもが屋内にこもっていることを、おみつは気配で察した。

脇坂とお峰の二人が廃屋のなかに消えると、おみつは踵《きびす》を返した。

もどる。

途中、少し離れた場所にひそんでいた健太をうながし、ともに小滝橋のたもとまで

［万が一のときの連絡役《つなぎ》］

として、伍助はそこに残しておいた。

その伍助に向かって、

「あんたは、いそいで数寄屋橋《すきや》まで行ってちょうだい」

おみつは言った。

「わかりました。お奉行所ですね」

「ええ。同心だまりで、黒米さん……いいえ、筆頭与力の大井の旦那もお待ちのはずだわ」

即刻、相応の捕り方や得物《えもの》をそろえて駆けつけるよう伝えよ、と命じて、さきに行かせる。もう一人の健太には、源三郎のもとへ走ってもらうことにした。

「あっしはかまいませんが……お嬢さん、お一人で残られて、大丈夫ですかい」

昨秋の大捕物の直前、おみつが一人で盗賊を尾行。敵のこもる［盗人宿《ぬすっとやど》］をつきとめたのはいいが、一度は相手に捕まり、危うい目にあった。

そのことで源三郎にこっぴどく叱られたし、健太自身、

（今後は、お嬢さんを危険にさらすような真似はしない）

と、心に誓ったのである。

「心配しないで、健太」

けなげに笑ってみせて、手にした十手をかかげ、

「あたしなら、平気よ。これに物を言わせてみせるから」

「でも、相手は二本差しですぜ」

「だけど、今夜は月が明るいし、いざとなれば、そこらの茶屋に逃げこむって手もあるから……」

「そういや、灯りがついてますな」

店はどこも閉まっているが、住人がいる茶屋もあるとみえる。一、二軒の茶屋から、灯火の明かりがもれてきていた。

「それに健太、あんたの足なら、小石川なぞ、あっという間でしょ」

「へい、お嬢さん、まかしてくだせぇ」

と、健太は自分の胸をたたいた。

じっさいにそのころ、源三郎は文太夫と連れだって、小石川は牛天神わきの遠野道場をおとずれていた。

「なるべくなら、少しでも近場で待機していたほうがいい」

そう言って、おみつと打ちあわせたせいでもあったが、飯塚を捕らえ、

「脇坂や一味の者たちの捕縛も目前」

との経過報告を彦五郎にするためでもあった。

いずれにしても、小滝橋―小石川間は、健太の足で四半刻（三十分）、常人でも早足ならば、半刻（一時間）とかかるまい。

「でも、お嬢さん、くれぐれもお気をつけになって……」

足を踏みだしかけて、なおもふりかえろうとする健太に、

「何やってるのよ、健太。早く行ってちょうだいっ」

背を押すような素振りをして、おみつは怒鳴りつけた。

七

はたして健太の先導で、源三郎たちは半刻足らずで小滝橋に到着した。

おみつが考えていた時間の半分ほどである。

五十なかばで病いもちの遠野彦五郎が同道していなければ、もっと早くに来ること

ができたろう。

　橋詰に立った、おみつの姿を見つけると、源三郎は走り寄って、

「道々、健太から聞いたよ。脇坂らの隠れ家は川ぞいのこの奥だってな。でもやつら、そこから出ていってやしねぇかい」

「案じるまでもないわ、源さん」

　ちょっと片手をあげて、おみつは応えた。

「つい今しがたも、すぐそばまで行って、家のなかから話し声が聞こえるのを確かめたし……どこへ行くのでも、ここよりほかに道はないはずよ」

「わかった」

　うなずくと、源三郎はふりかえり、

「田所さん、われわれだけで行きましょうか……どうします？」

「はて、どうしたものですかな」

　文太夫は、あいまいに首を揺すった。

　二人の様子を見て、

「伍助の足だと、どうしたって数寄屋橋まで一ッ刻（二時間）近くかかっちめぇますよ」

と、健太が口をはさむ。

「そうか。それから人数をあつめ、仕度をして来るとなると、黒米さんらの到着はもう夜半になっちまうな」

昨秋の大捕物も、中山道《なかせんどう》の板橋宿で、江戸市中から遠かったこともあり、捕り方が全員そろって動きだすのは深更《しんこう》になった。

しかしあのときは、敵の数が自分たちの何倍もあって、源三郎らとしては、後続の町方役人らが来るのを待つしかなかったのだ。

今回の味方は、おみつらも入れて五人。

おそらく脇坂らも五、六人で、

「数のうえでは、ほぼ互角」

だろう。

ただ浪人とはいえ、連中はだれもがれっきとした侍で、両刀をおびている。あまつさえ、脇坂をはじめ、腕に覚えのありそうなのが、二、三人はいよう。

こんどばかりは、おみつや健太では歯が立つまい。

源三郎にとっての剣術の師であり、

「岡田一門の四天王」

ともいわれ、［五強］にかぞえられもした遠野彦五郎だが、これも老いたうえに病んでいて、［往年の凄腕《すごうで》］がどこまで使えるものか。

だが、いちばん危ないと見えた、

［狂犬もどき］

の飯塚はすでに獄中にある。

何よりも、ここで黒米らを待っていて、

（その間に気取《けど》られるなぞして、取り逃がしやしないか）

と、源三郎はそれを恐れた。

「……よし」

みずからに言いきかせるようにつぶやき、源三郎は軽く自分の頬をたたいた。

「田所さん、参りましょう」

「……………」

無言のままに、文太夫はにんまりと笑ってみせた。

じつは昨夜、源三郎は、駿河台《するがだい》にある南町奉行の私邸をおとずれた。そして実兄の筒見和泉守政則こと総一郎に会い、脇坂柳太郎らの捕縛に関し、

［特別の許可］

を得ていたのである。捕縛すなわち［生け捕り］は、

「ただの原則にすぎないのではないか」

その源三郎の意見に同調し、

「脇坂らはすでに、何人もの罪なき民の生命《いのち》を奪っておる……生かしておけば、さらなる罪を重ねよう」

と言ってから、こうつづけた。

「かまわぬ。もしや逆らうようなら、斬ってすてよ」

建て前としては大井や黒米など、町方役人と協働し、彼らを手伝うかたちが望ましい。が、それではすまぬことも、ままあろう。

そういう場合には、総一郎が責任をもって、部下たる与力や同心を説得する。また老中方に対しても、うまく取りつくろう。

「ゆえに、源三郎。そなた、ぞんぶんに立ちはたらいてよいぞ」

あとの始末はまかせろ、とそこまで、総一郎は約束してくれたのだった。

そして源三郎は、その兄の言葉を待っていたのだ。

本音を言えば、このたびは、

（何ものにも、さまたげられたくはない）

のである。

飯塚こそは、その身柄を黒米などの町方役人にゆだねてしまったが、一味の首領格たる脇坂だけは、

（この手でかたづけたい）

と思っている。さらに言うと、脇坂に引導《いんどう》を渡す役――［とどめ］は彦五郎にまかせるつもりでいた。

文太夫と相談したうえで、彦五郎を誘い、彼をここまで同道させたのも、最愛の養子・辰之介の、

（あだ討ちをとげさせてやりたい）

との一念からだったのである。

橋のたもとからは、おみつがさきに立って、源三郎ら他の一同をみちびいた。

いつのまにか月が出ていて、さやかな輝きを放っていた。彦五郎と文太夫の二人は提灯《ちょうちん》を持ってきていたが、

「どうやら、無用のようじゃ」

と、彦五郎が焔《ほのお》を吹き消し、文太夫もそれにならった。

月明かりだけで、充分に川ぞいの踏み跡をたどれた。

やがて竹藪が見え、その奥に黒々とした影となって脇坂らが隠れひそむ廃屋が確認された。

夜目《よめ》をこらすと、板壁や雨戸の隙間から、かすかに明かりがもれているのもわかる。

兄・総一郎のゆるしは得たとはいえ、ここにはだれも、

「公《おおや》けにみとめられた捕り方」

はいない。ただ、おみつだけが目明かしの手札《てふだ》をあたえられ、特別に「白房の十手」をさずかっている。亡父・白鷺の銀次の形見《かたみ》であった。

「よし、おみつちゃん。大丈夫だ、おれがすぐあとにつく……おめぇが最初に飛びこんでくれ」

源三郎がささやき、

「わかってます」

背なかで応えて、一度大きく身をふるわせると、おみつは藪のなかに踏みこんだ。

戸口に立って、十手をかかげ、

「脇坂ならびにその一党、ご用のすじで参上した」

おみつが高々と口上《こうじょう》を申したてる。

「神妙にお縄につきなさいっ」

なかで浪人どもがうごめく気配、同時にするどい叫び声があがる。

おみつのわきから躍りでた源三郎が、板戸を蹴《け》破ろうとするよりさきに、内側から戸があけられ、ばらばらと人影があらわれでた。

はじめに二人。これは人相書きにもあった浪人者だが、つづいて出てきた二人の顔には覚えがなかった。

例の四日市町での辻斬り強盗にはくわわっていなかったのか、あるいは新たに仲間になったものかもしれない。

最後に脇坂柳太郎が姿をみせ、その陰に隠れるようにして、お峰も顔をのぞかせた。

最初の二人は文太夫にまかせ、後続の二人は抜き払った剣尖《けんせん》で脅すようにかわして、とにもかくにも源三郎は脇坂一人に的をしぼった。

「抵抗するようなら、容赦《ようしゃ》はせぬぞ」

いいか、と寄っていくと、悲鳴をあげて、お峰が脇坂の背後に逃がれようとする。

すばやく、おみつがまわりこんで行く手をふさぎ、十手を振りあげる。それを見て、お峰はわなわなとその場にくずおれ、膝をついて座した。

おみつが健太に目配せし、

「すまねぇが、お姐さん、ちょいと辛抱《しんぼう》してもらうぜ」

またたくまに、健太はお峰を縛りあげた。

戸口のまえの手狭な空き地で、文太夫は二人の浪人者を相手に撃剣《げきけん》をふるい、いきおい源三郎と脇坂は竹藪のなかで斬りあうこととなった。

老竹と若竹とがまじりあって密生しているうえ、枯れた笹の葉が一面をおおい、足場もわるい。が、ここでの条件はいっしょだった。

源三郎は自慢の山城守国清《やましろのかみくにきよ》を下段にかまえ、腰を沈めた。

隙を見て、竹と竹との狭間《はざま》から脇坂のふところにはいりこみ、いっきに胸を突く算段である。

一方の脇坂は小刀を手にし、あたりの竹を盾《たて》代わりにして、源三郎が飛びかかってくるのを待っている。

(初太刀で倒さねば、逆に小太刀で首を刎《は》ねられる……)

うかつには踏みこめない。かといって、足もとは踝《くるぶし》までも枯れ笹に埋まり、じわじわと間合いをせばめていくこともできなかった。

戸口のほうで、

「うわっ」

と、こんどは男の悲鳴があがった。

文太夫が一人を仕留《しと》めたようだ。

ふいと源三郎の気がゆるんだ。刹那《せつな》、なんと脇坂が地を蹴って、飛びあがった。

驚くべき身軽さで五尺（約一・五メートル）ほども跳《は》ねたかと思うと、姿を消した。

いや、ちがった。消えたと見えたのは源三郎の眼の錯覚で、気づいたときには彼の頭上にあり、落ちてきながら、すっと水平に小太刀を引いた。

瞬間、反射的に身をしりぞかせ、源三郎は難を逃がれた。

いま彼が立っていたわきの若竹が切られ、上部がすとんと地に落ちた。あとには、するどい切り口が残されている。

ほんのわずかでも、かわすのが遅れたら、源三郎の身がそうなっていただろう。

（こやつ、できる）

と、今さらながらに思った。

すでにして脇坂は体勢を立てなおし、最前と同じ位置で同じように身がまえている。

(このままでは埒《らち》があかぬ……どころか、殺《や》られるやもしれぬ)

源三郎は策を立てた。

さいわい、敵は少しずつ迫ってきている。それを利して、下段にかまえたままに、自分は後退していく。

そうして、相手を川のほとりに誘いだすのだ。

道とも言えぬほどのところで、手狭なことに変わりはない。だが竹藪よりは動きやすく、技をくりだしやすかろう。

もう一つ。——

さきほど[敵地]たる隠れ家に踏みこむまえに、源三郎は月を見て、その位置を確かめておいた。

満月に近く、直視すれば、相当にまぶしい。

これを背にして戦うのである。

「腕が互角ならば、策のあるほうが勝つ」

ほかでもない、いま間近で敵と斬りむすんでいる遠野彦五郎の教えだった。

川ぞいに出た。河原というほどの広さはない。が、下は砂利《じやり》で、擦《す》り足が使えた。

源三郎を追ううちに、脇坂は小刀を捨て、かわりに二尺六寸の太刀を手にしている。

それを脇坂は正眼《せいがん》にかまえようとした。しかし、それでは月の光がまともに眼を射抜く。

そのことに気づいて、

（これは、罠《わな》にはまったか）

という顔をしながらも、脇坂は八双《はつそう》にかまえた。真っ正面ではなく、剣をこころもち右に寄せて、立てる。

これだと、両の肘《ひじ》によって、何とか月のまぶしさを避けることができる。

かたや、源三郎は正眼にかまえた。依然、腰を低くし、敵の懐中に飛びこむ格好だ。

対峙《たいじ》し、しばし二人はにらみあった。

が、しだいに間合いをせばめていき、最初に動いたのは脇坂だった。

（一太刀できめよう）

というよりも、位置どりを変えたかったのだ。

それがしかし、彼には裏目に出た。

「鋭《えい》っ」

右横から源三郎の脳天に向けて振りおろされた刀は、彼の耳の端をかすめた。

刃唸りの音がとどろき、瞬間、耳もとに疼痛《とうつう》をおぼえ、おもわず源三郎は顔をゆがめた。

すかさず脇坂は刀身を返し、二の太刀をくりだそうとした。が、その剣尖が源三郎の胸を抉《えぐ》るまえに、山城守国清が脇坂の肩を斬りさげていた。

傷はふかく、脇坂はもんどり打って、その場に倒れた。

ふと見ると、彦五郎が一人の浪人者を追って、竹藪から出てこようとしている。

(ちょうどいい)

源三郎は彦五郎をよびとめた。

「先生、脇坂にとどめをっ」

うなずいて、彦五郎はそばに寄ると、地に伏した脇坂の頸《くび》すじにおのれの剣の切っ先をあて、一息に搔っ切った。

「よかった。これで、辰之介どのも成仏《じょうぶつ》するでしょう」

黙ったまま、ふたたび小さくうなずきかえした彦五郎の頰を一すじ、光るものが伝い落ちた。

その彦五郎はしかし、浪人たちと斬りむすびながらも、彼らを逃がさずにおくので精一杯だった。文太夫の剣はといえば、今宵も冴えて、源三郎が悲鳴を聞いたほかに、もう一人を血祭りにあげていた。

残る三人は源三郎と文太夫が峰打ちにし、やがて駆けつけた大井や黒米らに引きわたした。

帰りしな、小滝橋のたもとに立って、源三郎はおみつと肩をならべ、川面《かわも》に映る月を眺めた。

「……生命《いのち》の恩人がまた、できたな」

「えっ、何？」

「いや、この月さ。これのおかげで生命びろいさせられたんだ」

応えながら、源三郎は、

（ここで眺めるこの満月は、生涯忘れられないものになるだろう）

と思っていた。

八

数日後の昼さがり。——

深川・堀川町のおけら長屋の木戸口は、たいへんな賑わいようであった。

木戸のすぐ手前に、ふるく巨大な桜の木が二本、そびえ立っている。その樹下に藁《わら》ござを敷いて、長屋の住人たちが、

［花見の宴］

をもよおしているのだ。

最初は上野の山でやろうという話だった。それが、

「上野はもともと全山が将軍さまの持ち物でな、飲んだり、騒いだりするのは、はなからご法度《はっと》よ」

そんなところで花見ができるか、と関亭万馬が言いだし、

「ならば、飛鳥山《あすかやま》か」

ということになった。

王子《おうじ》権現近くの飛鳥山は、

「八代将軍・吉宗《よしむね》公お手植えの桜」

が始まりと言われ、その後も植林が重ねられ、低い丘陵のそこかしこ、いまや五百本を超える桜樹が立ちならんでいる。

そこだと酒宴はもとより、仮装さえも可能だったが、こんどは、

「みんなで行くには、遠すぎる」

と、反対する者が多く、かといって、近場の浅草観音では、毎年恒例になっていて、

「面白みに欠ける」

そうこうするうちに満開をすぎ、そろそろ散りぎわ——「見おさめ」の時季になってしまった。

辻斬り事件だの、贋ろうそく作りの嫌疑で新平とおちかの二人が捕縛されるなど、あれこれあったこともある。

それがようやく落ちついて、さて、というわけで、

「まぁ、いいや。今年は木戸の桜で我慢しよう」

と、これは信濃屋の安蔵の発案であった。

その安蔵夫婦が、

る。

［酒は一斗樽《いっとだる》を用意］し、肴《さかな》も例の煮しめをはじめ、蒲鉾《かまぼこ》だの、玉子焼きだの、お重にしてふるまうことにたったから、長屋の連中、大喜びで、みながこぞってあつまってしまったのであ

大の酒好きの万馬はもちろん、源三郎におみつ、千春姐さん、お香に六助、少し遅れて、下戸の新平もおちかといっしょにくわわった。

やや時季遅れとはいえ、この日は快晴で、絶好の［花見びより］。空には雲一つなく、紺碧《こんぺき》の空と薄紅いろの桜花との対照が、えもいわれずに美しい。

ござの上にあぐらをかいて、ぐい呑みを片手に眺めているうちに、源三郎は、

（最初に田所さんをつけねらう刺客《しかく》たちを眼にしたのが、このあたりだったなぁ）

と思いだした。

（あのときはまだ固い蕾《つぼみ》だったが、いまはこんなに咲きほこり……）

すでに少しずつ散りそめている。

「そういえば、田所さんのご一家はどうしたんでしょうね」

ふいと、隣でおみつが言った。一瞬、同じことを考えただけに、おもわず源三郎は彼女の顔を見つめたが、

「ほら、ほら……ご当人たちがやってくるわよ」

と、向かい側に坐ったお香が手をかざす。

見れば、なるほど文太夫に道之助、章之助の兄弟が三人、肩をならべて近づいてくる。

木戸をはいった長屋の住まいからではなく、表の通りのほうからで、二、三歩あとを、特徴ある蒜韮《らっきょう》顔の男がついてきていた。

商いが多忙とかで、このところ、姿をみせずにいたが、これまた信濃屋の常連である蓑吉《みのきち》だった。

彼は長屋の住人ではなく、日本橋本町の太物《ふともの》問屋「錦織屋《にしきおり》」の若主人。

それが、おみつに一目《ひとめ》惚《ぼ》れしてしまい、ために、わざわざ日本橋からここまで、そばを食べに通ってきている。

「あ、その節はどうも……」

花見の一同のなかに、源三郎の姿を見つけると、蓑吉は駆け寄ってきて、いの一番に挨拶する。

「いろいろとお世話になりまして」

「いや、もう、それは……ふるい話だ」

昨秋、霊岸島は南新堀《しんぼり》町の［ひろき湯］で一人の湯女《ゆな》が殺された。その事件が、中山道すじを荒らす盗賊たちの［大捕物］につながったのだが、当初はこの蓑吉の祖父が容疑者あつかいされ、蓑吉自身、怪しまれたりもしたのだ。

それを源三郎が、黒米らの町方役人とともに解決したことを言っているのだろう。

が、［旧聞］というばかりではなく、会うたびに礼を述べられ、

（なかば、うんざりしている……）

というのが、源三郎の本心だった。

もともと、この手の慇懃《いんぎん》な、やにさがった感じの男が苦手だということもある。そこには当然、

「おみつに横恋慕《よこれんぼ》している」

という事実もからんではいようが。――

それでもしかし、今日のところは、こらえてかからねばなるまい。

ようやっと暇になったこともある。じつは、文太夫は次男の章之助と一晩じっくり話しあい、章之助が啓明館《けいめいかん》をやめて、

［商人《あきんど》の道に進むこと］

を承諾した。

そして蓑吉が、その章之助の「引き受け手」となり、錦織屋で雇ってくれることになったのである。

「今朝、急におよびがありましたのでね、家族そろってご挨拶に参りまして……」

ちらと蓑吉のほうを見て、文太夫が言う。

「章之助のこと、正式にあずかっていただくことになりました」

「それで、ちょっと遅れたのね」

と、お香。そのお香に、蓑吉は笑顔を向けて、

「隠居した祖父も、主の父もまた、賢そうで良い子だ、と手放しでした」

「行く行くは、錦織屋さんを背負って立つんじゃないの」

「おっしゃるとおりで……わたくしの直属として、はたらいてもらいますから」

最初は、

「丁稚《でっち》もやむなし」

だが、

「すぐに手代見習いにいたすつもりでおります」

「よかったわね、章之助さん」

さきの「湯女殺し事件」のおりに、上司の失態のおかげで小僧の庄吉《しょうきち》がひろき湯

を解雇された。そのときには、庄吉を雇おうとしなかった蓑吉を罵倒したお香だが、いまはわが事のように喜んでいる。

「言いだしっぺ」の源三郎としても、いまは苦手の蓑吉に章之助のすべてを託すほかはなかった。

「ここんとこ、暗い話ばかりだったが……」

珍しく黙っていた万馬が、声を発した。もうすでに、酔いのからんだ声である。

「新平とおちかも、ろうそく作りを再開して、また軌道に乗りはじめたようだしよ。何はともあれ、めでてぇこった」

さらに万馬が何かを言おうとしたときだった。

ふたたび表の通りのほうから、人影があらわれた。

紋付き袴姿の武家――太刀川勇人である。

「ちょうど、よろしい……ご一同、ここにおられますとは」

文太夫と源三郎の家を訪ね、ついでに信濃屋にも寄るところだった。そう告げてから、

「これより、拙者《せつしや》は帰国いたしまする。江戸表での調査・探索はあらかた終了いたしましたゆえ」

証拠はすべて固めた。すでにして、江戸留守居役・梶沢荘兵衛や、それを国もとから操りつづけた城代家老の奥山大蔵の罪は明白。

「……それだけに、いそがねばなりませぬ。ここは一刻も早く帰藩して、殿のご裁断をあおぐことになりましょう」

告げるや、その言葉を裏書きするかのように、たちまち太刀川は踵《きびす》を返し、長屋の木戸まえから去っていった。

源三郎と文太夫が連れだって、小石川は牛天神わきの遠野道場へ出向いたのは、それから一ツ刻（二時間）ほどあとのことだった。

花見の宴はつづいており、「宴たけなわ」と言ってもよかった。が、最前、太刀川が去ってまもなく、入れ替わりのようにして遠野彦五郎からの使者が来て、

「至急、当道場までご足労《そくろう》願いたし」

とのことであった。

（突然に、いったい何か？）

と、いぶかりはしたが、旧師の要請とあれば、いたしかたない。

樽の酒はまだたっぷりと残っていたが、

「あまった分は、店のほうにはこんでおきますので」

安蔵は約束し、木戸での花見にひきつづき、「夜桜の宴」を信濃屋でおこなうという。


「花より団子ならぬ、そば」

というわけである。

「おみつちゃん、打ち立てのおそば、楽しみにしてるから……」

「知りませんよ。みんなをおいて、途中で出かけちゃう人のことまで、面倒みきれませんからね」

あいかわらずの憎まれ口を背に、木戸を離れ、源三郎らは近くの船着き場から小石川へは猪牙《ちょき》舟で向かった。


いつものように、彦五郎は二人を自室の炉辺《ろばた》に招じ入れた。

そこで聞いた彦五郎の用件は手短かであったが、すこぶる重要なものであった。

脇坂らの一味を壊滅させたとはいえ、肝心の辰之介は帰ってはこない。

あらためて「お悔やみ」を口にする二人に、

「いやいや、もうけっこう……いつまで悔いていても、せんなきこと」

とうに吹っ切れた、と彦五郎は言う。

辰之介が亡くなったからには、代わりの後つぎが必要だが、

「それは、ゆるゆるとさがすことにし申した」

「急《せ》いてはおられぬ、と？」

「さよう。しかし、道場をしめるわけにもいくまい」

「もちろんですとも」

と、源三郎は声を強めた。

「……いくら門人は少なくなったとしても、なお当道場の盛名は残っております」

捨てがたいし、辰之介のことはともかく、彼に取りついていた不逞《ふてい》の浪人どもがいなくなって、門弟たちがもどってくる可能性もある。

「そこで、じゃ」

とりあえず必要なのは師範代である、と彦五郎は言った。

それから、ふいと襟《えり》をただし、正座して、囲炉裏《いろり》をはさんで向かいあった文太夫のほうを見た。

「田所どの、そのこと、お願いできませんでしょうか」

折れるほどに、ふかぶかと頭をさげる。

「遠野先生、頭をおあげになってください」

と、片手をあげてから、

「それがしのごとき者を、かように名のある道場の師範代にしてくださるとは……まことにありがたく、もったいないようなお話です」

しかしながら、と文太夫は唇を噛んだ。

「以前にも、少しく申しあげましたが、それがし、いささか厄介な問題を抱えておりまして……」

「かつておられた藩の道普請にまつわる不正……不祥事《ふしょうじ》の件ですな」

「はい。それがまだ解決してはおりません」

自分には帰藩するつもりはないが、過去に起きた事実・事件の証人のようなかたちで、よびもどされる可能性はある。

「そんなわけでして、いま、このお役をおひきうけいたしましても、どこまで任をまっとうできるものやら……」

「こころもとない、と？」

「仰《おお》せのとおりです」

「……かまいませぬ」

と、彦五郎は膝を打った。

「当面のあいだ、ということでけっこう……また、ご用のあるときは、いつなりとそちらにかかられ、また当道場へおもどりくだされればよろしい」

「そのようなことが……」

と、文太夫は、かたわらに座す源三郎のほうに眼を向ける。

（お受けすべきです）

無言のまま、目顔《めがお》で源三郎はうながした。

「それでは、先生」

と、ふたたび文太夫は彦五郎の側を向き、

「不肖《ふしょう》、田所文太夫、当道場の師範代の大役、つつしんでつとめさせていただきます る」

さきほどの彦五郎に負けぬくらいに大きく背をまげて、挨拶した。

＊　　＊

遠野道場をあとに、源三郎と文太夫の二人は、富坂を下っていた。

すでに夕刻である。

いくら男の足でも、ここから歩いて帰ったのでは、遅くなる。が、駕籠か猪牙舟を使えば、おみつが、

「そばを食べさせる」

と約束した刻限にまにあうのではないか。

そんなことを話しながら、ほどなく坂を下りきるところまで来た。

中富坂町の実家から牛天神、そして十年ぶりに遠野道場をおとずれての帰路、たまさか怪しげな浪人者――脇坂一味の飯塚兵七郎と行きちがったあたりである。

下ったところが二ヶ谷《にがや》で、そこからほぼまっすぐに本郷方面へと上る道が、旧東富坂。

二ヶ谷から右へ、水戸藩邸のわきを通り、お堀にかかる水道橋へと向かう道もあって、二人はその角をまがろうとした。

ちょうどそこへ、女人《にょにん》の二人連れが反対側から差しかかって、

「おっと、危ないっ」

「何ですの？……しっかり、まえを向いて歩いてくださいなっ」

勝ち気な女の声がして、

（……聞きおぼえがあるな）

と、源三郎が顔を向けると、松乃《まつの》であった。

兄・浩二郎の嫁、源三郎にとっては義姉である。

「あら、源三郎どの。また母上のもとへご挨拶に参られてのお帰りですか」

「いえ、今日はべつのところへ……」

「そうでしたか」

牛天神わきの遠野道場の名まで口にしようか、と思ったが、人一倍「おしゃべり好き」の松乃が相手では、それからが大変になる。

牛天神がどうした、遠野道場がどうした……と、万馬顔負けの長広舌《ちょうこうぜつ》がはじまり、逃がれられなくなってしまうのだ。

「いそぎますので」

そうとだけ告げて、文太夫をうながし、歩きだそうとして、ちらと松乃の隣に眼をやった。

それがいけなかった。

なんと、そこに立っていたのは、離れの隠居所にいる母・知佳付きの女中であるお園だったのだ。

空木家とほとんど変わらぬ家格の譜代旗本家の長女で、知佳のもとには「行儀見習い」であずけられていた。

あの日、知佳が源三郎に、

「あなたのお相手にどうかしら」

と言った女子《おなご》である。

びっくりして、おもわず源三郎は眼をすえてしまい、お園はお園で彼を見つめかえして、頬を紅く染めている。

そんな二人を交互に見て、

「あ、そうか。そうでしたのね」

松乃は独り合点している。

「お義母《かあ》さまからお聞きしております。いいお話じゃあございませぬか……殿も、わたくしも大賛成ですよ」

何ならば、「殿」こと浩二郎と自分が「仲人役《なこうど》」をつとめてもいい、とまで口にする。

知佳と松乃はほんらい、

「犬猿《けんえん》の仲」

と言ってもよいはずだったのだ。それがいつのまに和解し、結託《けったく》したというのか。

すべては、

「源三郎とお園を夫婦《めおと》にする」

この一事のためらしく、

「ちょうど、よございますわ」

と、松乃は言った。

「これからお家にもどって、お園どのもまじえ、お義母さまも殿も吉太郎《きちたろう》もみな、いっしょにお食事をいたしますのよ」

「それは、それは……」

「それはそれは、ではございません。源三郎どのも参りましょう」

さぁ、と手をのべてくる。

「そうは行きませんよ、義姉上《あねうえ》」

と、源三郎は首を横に振った。

「今日はわたくしにも、連れがおりまするゆえ」

「あーら、そうでしたの」

と、いったん引いたかにみえたが、ちがっていた。松乃は文太夫のほうを向き、

「今夜はぜひに、源三郎どのをわが家に連れてもどりたいのです……よろしいでしょ

うか」

と、きつい眼で強くにらみすえたものだから、たまらない。

「は、はい。こちらの用事はもうすみましたゆえ……」

応えるなり、早くも文太夫は足を振りあげ、逃げだす姿勢でいる。

「ま、待ってくださいよ、田所さん」

あわてて、源三郎はその背をつかむ。

かまわずに、文太夫は駆けだした。

源三郎も地を蹴って、あとを追う。そのまたあとを、

「お待ちなさい……待って、源三郎どのっ」

お園と手を取りあいながら、松乃が追った。

おりからの微風をうけて、道端に立つ桜樹の花がちらほらと舞っている。

花の盛りはすぎたとはいえ、春はまだたけなわのころであった。

深川おけら長屋

一〇〇字書評

切り取り線

購買動機（新聞、雑誌名を記入するか、あるいは○をつけてください）	
□（　　　　　　　　　　）の広告を見て	
□（　　　　　　　　　　）の書評を見て	
□ 知人のすすめで	□ タイトルに惹かれて
□ カバーがよかったから	□ 内容が面白そうだから
□ 好きな作家だから	□ 好きな分野の本だから

●最近、最も感銘を受けた作品名をお書きください

●あなたのお好きな作家名をお書きください

●その他、ご要望がありましたらお書きください

住所	〒				
氏名		職業		年齢	
Eメール	※携帯には配信できません	新刊情報等のメール配信を希望する・しない			

あなたにお願い

この本の感想を、編集部までお寄せいただけたらありがたく存じます。今後の企画の参考にさせていただきます。Eメールでも結構です。

いただいた「一〇〇字書評」は、新聞・雑誌等に紹介させていただくことがあります。その場合はお礼として特製図書カードを差し上げます。

前ページの原稿用紙に書評をお書きの上、切り取り、左記までお送り下さい。宛先の住所は不要です。

なお、ご記入いただいたお名前、ご住所等は、書評紹介の事前了解、謝礼のお届けのためだけに利用し、そのほかの目的のために利用することはありません。またそのデータを六カ月を超えて保管することもありませんので、ご安心ください。

〒一〇一―八七〇一
祥伝社文庫編集長　加藤　淳
☎〇三（三二六五）二〇八〇
bunko@shodensha.co.jp

祥伝社文庫

上質のエンターテインメントを！　珠玉のエスプリを！

祥伝社文庫は創刊15周年を迎える2000年を機に、ここに新たな宣言をいたします。いつの世にも変わらない価値観、つまり「豊かな心」「深い知恵」「大きな楽しみ」に満ちた作品を厳選し、次代を拓く書下ろし作品を大胆に起用し、読者の皆様の心に響く文庫を目指します。どうぞご意見、ご希望を編集部までお寄せくださるよう、お願いいたします。

2000年1月1日　　祥伝社文庫編集部

深川《ふかがわ》おけら長屋《ながや》　湯屋守《ゆやも》り源三郎捕物控《げんざぶろうとりものひかえ》　長編時代小説

平成20年7月30日　初版第1刷発行

著　者　岳《がく》　真《しん》　也《や》

発行者　深　澤　健　一

発行所　祥《しょう》　伝《でん》　社《しや》
東京都千代田区神田神保町3-6-5
九段尚学ビル　〒101-8701
☎03(3265)2081(販売部)
☎03(3265)2080(編集部)
☎03(3265)3622(業務部)

印刷所　堀　内　印　刷

製本所　ナショナル製本

造本には十分注意しておりますが、万一、落丁、乱丁などの不良品がありましたら、「業務部」あてにお送り下さい。送料小社負担にてお取り替えいたします。

Printed in Japan

ISBN978-4-396-33444-4　C0193

祥伝社のホームページ・http://www.shodensha.co.jp/

祥伝社文庫

岳 真也 湯屋守り源三郎捕物控

湯屋を守る用心棒の空木源三郎。湯女殺しの探索から一転、押し込み強盗計画を暴き、大捕物が繰り広げられる！

岳 真也 文久元年の万馬券

万延、文久、慶応…明治。幕末の動乱に巻き込まれ、日本競馬に命をかけた男がいた！

岳 真也 京都祇園祭《ぎおんまつり》の殺人

京都の祇園祭で無惨な刺殺死体が！さらに容疑者も殺され、その手帳に奇妙な文字が残されていた…。

風野真知雄 われ、謙信なりせば

秀吉の死に天下を睨《にら》む家康。誰を叩き誰と組むか、脳裏によぎった男は上杉景勝と陪臣・直江兼続だった。

風野真知雄 幻の城 慶長十九年の凶気

大坂冬の陣。だが城内には総大将の器がいない。「もし、あの方がいたなら…」真田幸村は奇策を命じた！

風野真知雄 奇策 北の関ヶ原・福島城松川の合戦

伊達政宗軍二万。対するは老将率いる四千の兵。圧倒的不利の中、伊達軍を翻弄した「北の関ヶ原」とは!?

祥伝社文庫

風野真知雄　勝小吉事件帖　喧嘩御家人

勝海舟の父、最強にして最低の親ばか小吉が座敷牢から難事件をバッタバッタと解決する。

風野真知雄　罰当《ばち》て侍　最後の赤穂浪士寺坂吉右衛門

赤穂浪士ただ一人の生き残り、寺坂吉右衛門。そんな彼の前に奇妙な事件が舞い込んだ。あの剣の冴えを再び…。

風野真知雄　水の城　いまだ落城せず

名将も参謀もいない小城が石田三成軍と堂々渡り合う！戦国史上類を見ない大攻防戦を描く異色時代小説。

藤原緋沙子　恋椿　橋廻り同心・平七郎控

橋上に芽生える愛、終わる命…橋廻り同心平七郎と瓦版屋女主人おこうの人情味溢れる江戸橋づくし物語。

藤原緋沙子　火の華《はな》　橋廻り同心・平七郎控

橋上に情けあり。生き別れ、死に別れ、そして出会い。情をもって剣をふるう、橋づくし物語第二弾。

藤原緋沙子　雪舞い　橋廻り同心・平七郎控

一度はあきらめた恋の再燃。逢えぬ娘を近くで見守る父。――橋上に交差する人生模様。橋づくし物語第三弾。

祥伝社文庫

祥伝社文庫

小杉健治　七福神殺し　風烈廻り与力・青柳剣一郎

人を殺さず狙うのは悪徳商人、義賊「七福神」が次々と何者かの手に……。真相を追う剣一郎にも刺客が迫る。

小杉健治　夜烏《よがらす》殺し　風烈廻り与力・青柳剣一郎

冷酷無比の大盗賊・夜烏の十兵衛が、青柳剣一郎への復讐のため、江戸に戻ってきた。犯行予告の刻限が迫る！

小杉健治　女形《おやま》殺し　風烈廻り与力・青柳剣一郎

父と兄が濡れ衣を着せられた!?　娘の悲痛な叫びを聞いた剣一郎は、奉行所内での孤立を恐れず探索に突き進む！

小杉健治　目付殺し　風烈廻り与力・青柳剣一郎

七首《あいくち》で心の臓を一突きする殺しが続き、手練れの目付も斃《たお》された。背後の陰謀を摑んだ剣一郎は……。

小杉健治　闇太夫《やみだゆう》　風烈廻り与力・青柳剣一郎

「江戸に途轍もない災厄が起こる」不気味な予言の真相は？　剣一郎が幾重にも仕掛けられた罠に挑んだ！

小杉健治　待伏せ　風烈廻り与力・青柳剣一郎

江戸中を恐怖に陥れた殺し屋で、かつて風烈廻り与力青柳剣一郎が取り逃がした男との因縁の対決を描く！

祥伝社文庫

井川香四郎　**秘する花**　刀剣目利き　神楽坂咲花堂

神楽坂の三日月で女の死。刀剣鑑定師・上条《かみじょう》綸太郎《りんたろう》は女の死に疑念を抱く。綸太郎の鋭い目が真贋を見抜く！

井川香四郎　**御赦免花《ごしゃめん》**　刀剣目利き　神楽坂咲花堂

神楽坂咲花堂に盗賊が入った。同夜、豪商も襲い主人や手代ら八名を惨殺。同一犯なのか？綸太郎は違和感を…。

井川香四郎　**百鬼の涙**　刀剣目利き　神楽坂咲花堂

大店の子が神隠しに遭う事件が続出するなか、妖怪図を飾ると子供が帰ってくるという噂が。いったいなぜ？

井川香四郎　**未練坂**　刀剣目利き　神楽坂咲花堂

剣を極めた老武士の奇妙な行動。上条綸太郎は、その行動に十五年前の悲劇の真相が隠されているのを知る。

井川香四郎　**恋芽吹《めぶ》き**　刀剣目利き　神楽坂咲花堂

咲花堂に持ち込まれた童女の絵。元の持主を探す綸太郎を尾行する浪人の影。やがてその侍が殺されて……

井川香四郎　**あわせ鏡**　刀剣目利き　神楽坂咲花堂

出会い頭に女とぶつかり、瀬戸黒の名器を割ってしまった咲花堂の番頭峰吉。それから不思議な因縁が…。

祥伝社文庫

井川香四郎 **千年の桜** 刀剣目利き 神楽坂咲花堂

前世の契りによって、秘かに想いあう娘と青年。しかしそこには身分の壁が…。見守る綸太郎が考えた策とは!?

井川香四郎 **閻魔《えんま》の刀** 刀剣目利き 神楽坂咲花堂

神楽坂閻魔堂が開帳され、悪人たちが次々と成敗されていく。綸太郎は妖刀と閻魔裁きの謎を見極める!

井沢元彦 **野望（上）** 信濃戦雲録第一部

『言霊』『逆説の日本史』の著者だから書けた、名軍師・山本勘助と武田信玄! 壮大なる大河歴史小説。

井沢元彦 **野望（下）** 信濃戦雲録第一部

「哲学があり、怨念があり、運命に翻弄されながらの愛もある」と俳優浜畑賢吉氏絶賛。物語は佳境に!

井沢元彦 **覇者（上）** 信濃戦雲録第二部

天下へ号令をかけるべく、西へ向かう最強武田軍…「跡継ぎは勝頼にあらず」と言い切った信玄の真意とは?

井沢元彦 **覇者（下）** 信濃戦雲録第二部

勇猛勝頼vs.冷厳信長。欲、慢心、疑心、嫉妬、執着…一点の心の曇りが勝敗を分けた!